100
百年百部
中国儿童文学经典书系

The Serial of
Centenary Classics of
Chinese Children's Literature
in Centenary Years

圆圆的肥皂泡
Yuanyuan's Soap Bubbles
——刘慈欣中短篇科幻小说精选

The Selected Short and Medium-lengthed Stories of Science Fiction by Liu Cixin

刘慈欣
Liu Cixin

长江出版传媒 | 长江少年儿童出版社

作家简介
ZUOJIA JIANJIE

  刘慈欣，1963年生，祖籍河南，生于山西阳泉，著名科幻作家，中国科普作家协会会员，山西省作家协会会员，高级工程师。数次获得中国科幻银河奖和华语科幻星云奖，2010年获赵树理文学奖，2013年获第九届全国优秀儿童文学奖，2015年凭借《三体》获第七十三届雨果奖最佳长篇小说奖，被誉为中国科幻的领军人物。其作品擅长展现科学的理性思考与幻想的浪漫激情之间的张力。著有长篇小说《超新星纪元》《球状闪电》《三体》等，中短篇小说《流浪地球》《圆圆的肥皂泡》《乡村教师》《朝闻道》《全频带阻塞干扰》等。

再版说明

一、时光雕刻着记忆，岁月选择了经典。《百年百部中国儿童文学经典书系》以其对20世纪初叶以来百年中国儿童文学原创作品所凝结而成的审美的力量、情感的力量、精神的力量、语言的力量，以及书系自具的影响力、震撼力、号召力，自2006年出版以来，深受广大小读者与大读者的欢迎，多次重印，行销各地，已成为不少中小学校图书馆必备的"镇馆之宝"，被媒体誉为"中国儿童文学的世纪长城"，产生了良好的社会效益，实现了书系高端选编委员会预期的愿景，这是我们深感欣慰的。

二、《百年百部中国儿童文学经典书系》从一开始设计，就作为一个开放式的儿童文学品牌工程，书系《总序》明确提出"计划在今后收入更多新人的优秀之作，努力将本书系打造成新世纪中国优秀儿童文学作品的建设、推广基地"。本书系首版以来，已历十余载，这期间，我国儿童文学新人、新作、新理念、新经验不断涌现；20世纪六七十年代出生的，以及更年轻的"80后"——百年中国儿童文学第五代作家正进入创作的黄金时期，他们的优质作品已产生实质性的价值与影响。鉴于此，本书系在2016年和2019年两次增补部分作家的原创优质作品，改换成新版面世，以彰显新世纪中国儿童文学的新面貌、新作为、新态势。

三、2021年2月，经本书系高端选编委员会认真讨论、推荐，决定继续增补部分作家的作品，并经作家本人（或家属）授权后，进入新版《百年百部中国儿童文学经典书系》。至此，《百年百部中国儿童文学经典书系》共收入一百五十部中国作家的原创儿童文学作品，特此说明。

四、《百年百部中国儿童文学经典书系》是一个开放式的、集大成的中国儿童文学品牌工程与阅读推广项目。我们将一如既往地坚持"内容为王，质量第一"，认真听取各方面的意见，继续做好我们民族本土原创优秀儿童文学作品的建设、推广，讲好中国故事，书写好中国式童年，为亿万少年儿童提供优质的精神食粮，为实现中华民族伟大复兴的中国梦而贡献一份力量。

《百年百部中国儿童文学经典书系》高端选编委员会
2021年2月20日于北京

总序

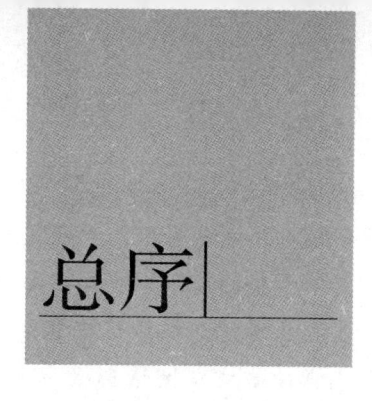

现代中国儿童文学已经走过了整整一个世纪曲折而辉煌的历程。回顾百年中国儿童文学，我们心潮涌动，激情难抑。

一

在中国，"'儿童文学'这名称，始于'五四'时代"（茅盾《关于"儿童文学"》）。更具体地说，作为一种新式文学类型的儿童文学是从20世纪初叶开始逐渐为中国人所认识和流传开来的。当时代进入五四新文化运动，这种具有现代性观念和形式的文类得到了超常规的发展，因而"儿童文学"这名称很快被国人所接受。"儿童本位""儿童文学"，一时成了文学界、教育界、出版界"最时髦、最新鲜、兴高采烈、提倡鼓吹"（魏寿镛等《儿童文学概论》1923年版）的热门话题。

尽管"儿童文学"这名称是在20世纪初才出现在中国的，

但这并不意味着中国古代儿童也即我们的祖先对文学的接受是一片空白。正如世界各民族的文化有其独特性一样,在中国文化传统与文学传统的影响和作用下,中国古代儿童接受文学的方式与阅读选择也有其明显的独特性,这有民间讲述、蒙学读本传播和儿童自我选择读物三种途径,尤其是民间讲述。证诸史实,中国古代儿童接受的文学形式,主要是民间群体生产的口头文学作品,其中大量体现为民间童话与童谣。学界的研究表明,中国古代民间童话的遗产相当丰富,例如"灰姑娘型"文本《酉阳杂俎·吴洞》比之欧洲同类型童话还要早出七八百年。因而有论者这样断言:"中国虽古无童话之名,然实固有成文之童话,见晋唐小说。"(周作人《古童话释义》)正因如此,当我们回顾历史时,那种认为中国儿童文学是从1909年商务印书馆编印《童话》丛书,或是从1921年叶圣陶创作《小白船》开始的说法是需要商榷的。如果我们承认民间文学是文学,民间童话与童谣(已被古人用文字记录下来的作品)属于儿童文学范畴,那么,很显然,中国儿童文学的来龙去脉自然可以提前到"儿童文学"这一名称出现之前。我们认为,那种对民族文化与文学传统采取历史虚无主义的态度是需要加以讨论和正视的。对待历史,我们必须采取审慎和"同情的理解"的态度。

二

我们一方面需要尊重历史,同时需要用发展的观念考察和疏证历史。尽管中国儿童文学的来龙去脉可以追溯到"儿童文学"这一名称出现之前,但现代中国儿童文学则是全部中国儿童文学历史中最为丰富、最激动人心、最值得大书特书的篇章。

现代中国儿童文学是指起始于20世纪初叶,用现代语言与文学形式,表现现代中国人尤其是中国少年儿童的现实生活与思想、感情、心理的文学,是一种自觉地全方位地服务服从于中国少年儿童精神生命健康成长的文学,至今已有一百年上下的历史。1902年黄遵宪尝试用白话文创作的儿童诗《幼稚园上学歌》,1909年商务印书馆出版孙毓修编译的童话《无猫国》,1919年《新青年》杂志刊发周作人翻译的安徒生童话《卖火柴的女儿》,是现代中国儿童文学生发兴起的重要文学事件与表征。特别是经过五四新文化运动的洗礼,周作人于1920年发表提出全新儿童文学观念的论文《儿童的文学》,郑振铎于1921年创办中国第一种纯儿童文学杂志《儿童世界》,叶圣陶于1923年出版中国第一部原创短篇童话集《稻草人》,冰心于1923年推出原创儿童散文《寄小读者》,这是中国儿童文学新观念、新作品、新思维形成与奠基的标志性象征与成果,其中的重中之重当数叶圣陶的《稻草人》。这部辑录了23篇短篇童话,体现出"把成人的悲哀显示给儿童"(郑振铎《〈稻草人〉序》)的为人生而艺术的儿童文学思想的童话集,得到了鲁迅的高度肯定与赞誉,被誉为"给中国的童话开了一条自己创作的路"(鲁迅《〈表〉译者的话》)。"稻草人"的道路实质上就是高扬现实主义精神的中国原创儿童文学的成长、发展的道路。这条道路经由20世纪20年代叶圣陶开创、30年代张天翼《大林和小林》的推进,源远流长地延续至今,形成了现代中国儿童文学的创作主潮,体现出自身鲜明的民族特色、时代规范与审美追求。这主要有：

第一，直面现实，直面人生，始终紧贴着中国的土地，背负着民族的希望。这中间有一个转换。20 世纪早中期的儿童文学创作与观念，主要直面的是成年人所关切的中国现代社会问题和历史课题，围绕着成年人的革命、救亡、战争、运动、意识形态等展开艺术实践，从中展现出中国儿童的生存状态与精神面貌。八九十年代是中国儿童文学发展史上最重要的转型时期，这一时期观念更新所带来的最深刻变化，就是将以前的"成人中心主义"转向以儿童为中心，直面的现实则由成年人的现实转向儿童的现实，努力贴近儿童的现实生存与生活状况，贴近儿童的精神生命"内宇宙"，贴近儿童的审美意识与阅读接受心理，使儿童文学真正走向儿童。这是百年中国儿童文学的"革命性位移"。新时期儿童文学蔚为壮观的原创生产的突破、变革与发展，正是这一"革命性位移"的审美嬗变的结果。

第二，强调文学的认识、教化功能与作家作品的社会责任意识。从 20 世纪 20 年代郑振铎提出儿童文学要把"成人的悲哀显示给儿童"，郭沫若提出儿童文学要"导引儿童向上，启发其良知良能"（《儿童文学之管见》），30 年代茅盾提出儿童文学"要能给儿童认识人生""构成了他将来做一个怎样的人的观念""助长儿童本性上的美质"（《关于"儿童文学"》《再谈儿童文学》），张天翼提出儿童文学要告诉儿童"真的人，真的世界，真的道理"（《〈奇怪的地方〉序》），50 年代陈伯吹提出"儿童文学主要是写儿童""要以同辈人教育同辈人"（《论儿童文学创作上的几个问题》），到 80 年代曹文轩提出"儿童文学作家是未来民族性格的塑造者""儿童文学承担着塑造未来民族性格的天职"(《觉醒、嬗变、困惑：儿童文学》)，21世纪初曹文轩又提出"儿童文学的使命在于为人类提供良好的人性基础"(《文学应该给孩子什么？》)，受这些重要儿童文学观与价值取向的深刻影响，百年中国儿童文学在与社会与时代无法也无须割舍的联系中，一以贯之地承担起了自己对未来一代精神生命健康成长的文化担当与美学责任，并创造出自己的象征体系与文类秩序。

第三，不断探索，不断创新，不断追求民族化与现代化的统一，思想性、艺术性与儿童性的统一，追求儿童文学至善至美至爱的文学品质。

百年中国儿童文学与传统文学相比，是一种具有"文学的现代化"特质的全新文学。儿童文学的现代化首先体现在"儿童观"的转变上。从视儿童为"缩小的成人"的传统观念，到五四时期的"救救孩子""儿童本位"，到共和国成立后的"红色儿童""革命接班人"，到新世纪的"儿童权利""儿童生存、保护和发展"，百年中国儿童文学演进的各个历史时期无不与中国人儿童观的更新与转型紧密相联。儿童观导致建构儿童文学观，儿童文学观影响制约儿童文学的创作、批评与传播。百年中国儿童文学所经历的重要文学事件与理论交锋，例如20世纪20年代的"神话、童话是否对儿童有害"的辩论，30年代的"鸟言兽语之争"，40年代的"儿童文学应否描写阴暗面"的讨论，50年代有关童话体裁中幻想与现实的关系的讨论，60年代的对"童心论""古人动物满天飞"的无端批判，80年代以后关于儿童文学的教育性与趣味性、儿童化与成人化、儿童文学的特殊性与一般性的探讨，无一不与儿童观/儿童文学观相关。特别是新时期出现的一些重要儿童文学理论观念，如"儿童文学的三个层次""儿童反儿童化""儿童文学的三大母题""儿童文学的双逻辑支点""儿童文学的成长主题"以及"儿童文学的文化批评""儿童文学的叙事视角""儿童文学的童年记忆"等，同样无一不是儿童观/儿童文学观的更新的表征与产物，同时又极大地提升了儿童文学的学术品质，促进了儿童文学创作生产力的解放。百年中国儿童文学正是在螺旋式的矛盾张力中发展的。中国儿童文学作家、批评家为此展开了持续不断的思想交锋与艺术探索和实践，同时积累了丰富的经验和教训。

百年中国儿童文学的"文学现代化"更深刻地体现在文学语言与形式的变革，以及与此相联系的儿童文学文体建设与审美创造方面，这是一个关系到儿童文学之所以为儿童文学的复杂的艺术课题。经过整整一个世纪的探索与创造，中国儿童文学不仅在如何处理诸如"儿童文学与政治""儿童文学与教育""儿童文学与童心""儿童文学的继承与创新""儿童文学与外来影响""儿童文学与儿童接受""儿童文学与市场""儿童文学与影视网络"等这类艺术难题方面蹚出了一条行之有效的路径，不断作出自己的思考与选择，而且在创作方法的选择，文学语言的规范，小说、童话、诗歌、散文、儿童戏剧各类文体的内部艺术规律的建构，如小说中的成长小说、动物小说、科幻小说，童话方面的幻想性、逻辑性、夸张性、象征性问题，诗歌中的幼儿诗、儿童诗、少年诗，幼儿文学中的图画书、低幼故事、儿歌以及文学名著"少儿版"的改写等，经由几代作家以极大的艺术匠心前赴后继的创造性劳动，终于在世界儿童文学艺术之林中树立起了充满鲜活的中国特色与审美趣味的艺术华章。也正是在这样的艺术探索和审美追求过程中，终于产生了叶圣陶、冰心、张天翼、陈伯吹、严文井、曹文轩、秦文君这样的足以显示百年中国儿童文学已经达到的水平的标志性作家以及一大批各具特色的著名儿童文学小说家、散文家、诗人、戏剧家、儿童文学理论家与批评家。他们艰苦卓绝的艺术创造所获得的百年儿童文学经典，已经成为滋养中国少年儿童精神生命的文学养料、中小学语文教育的重要资源，并且创造出了20世纪中国文学新的人物谱系(20世纪中国文学创造的人物谱系除农民、知识分子、妇女外，还有儿童形象的谱系)，极大地丰富了中国与世界儿童文学的艺术宝库。

三

文学是人学，儿童文学是人之初的文学。人之初，性本善。儿童文学是人生最早接受的文学。那些曾经深深感动过少年儿童的作品，将使人终生难忘，终身受惠。在今天这个传媒多元的时代，我们特别需要向广大少年儿童提倡文学阅读。文学阅读不同于知识书、图画书、教科书的阅读。文学是以血肉丰满的人物形象和动人心弦的艺术意境，是以审美的力量、情感的力量、精神的力量、语言的力量打动人、感染人、影响人的。我们认为，用优秀文学作品滋养少年儿童的心田，促进未成年人的健康成长，来一个我们民族自己的原创经典儿童文学的社会化推广与应用，是一件意义重大、十分适时的新世纪文化建设工程。为此，我们特选编《百年百部中国儿童文学经典书系》(以下简称《百年百部》)，并由一贯重视打造高品质、精制作图书品牌的湖北少年儿童出版社(2014年1月更名为长江少年儿童出版社)精编精印出版；同时,《百年百部》的选编出版,也是对已经过去的20世纪初叶以来中国儿童文学现代化进程的百年回顾、梳理和总结,用以承前启后,借鉴历史,促进新世纪儿童文学的发展繁荣。

经典性、权威性、可读性和开放性是《百年百部》锁定的主要目标。

第一,《百年百部》是有史以来中国儿童文学最大规模的系统梳理与总结。我们将精心选择20世纪初叶至今一百多年间的一百多位中国儿童文学作家的一百多部优秀儿童文学原创作品。《百年百部》的入围尺度界定在以下几个方面：一是看其作品的社会效果、艺术质量、受少年儿童欢迎的程度和对少年儿童影响的广度,是否具有历久弥新的艺术魅力,穿越时空界限的精神生命力。二是看其对中国儿童文学发展的贡献,包括语言上的独特创造,文体上的卓越建树,艺术个性上的鲜明特色,表现手法上的突出作为,儿童文学史上的地位意义。三是看作家的创作姿态,是否出于高度的文化担当与美学责任,是否长期关心未成年人的精神食粮,长期从事儿童文学创作。

第二,《百年百部》是现当代中国儿童文学最齐全的原创作品总汇。这表现在：囊括了自20世纪五四新文化运动前后以来中国五代儿童文学作家中的代表人物；入围的一百多位作家体现出中华民族的多民族特色,同时又有海峡两岸的全景式呈现；一百多部作品涉及现代性儿童文学的所有文体,因而也是文体类型最齐备的中国儿童文学原创总汇。

第三,精品的价值在于传世久远,经典的意义在于常读常新。我们认为，只有进入广大少年儿童的阅读视野并为他们喜爱、接受的作品，才具有经典的资质与意义。我们将以符合当代少年儿童审美习惯与阅读经验的整体设计和策划组合，让新世纪的小读者和大读者接受并喜欢这些曾经深深感动过、滋养过一代又一代少年儿童的中国原创儿童文学经典作品。同时，我们也把《百年百部》作为一个开放式的儿童文学品牌工程，计划在今后收入更多新人的优秀之作，努力将本书系打造成新世纪中国优秀儿童文学作品的建设、推广基地。

《百年百部》既是有史以来中国原创儿童文学作品的集大成出版工程，也是具有重要现实意义和历史价值的文化积累与传承工程，又是将现代中国儿童文学精品重塑新生的推广工程。我们坚信，继往开来、与时俱进的新世纪中国儿童文学，必将在不断实现艺术创新与高贵品质的进程中，对培育中华民族未来一代健全的精神性格、文化心理、国民素质产生更加积极、深广的潜移默化的作用和影响。

《百年百部中国儿童文学经典书系》高端选编委员会
（王泉根执笔）
2005 年 12 月 16 日于北京

百年百部中国儿童文学经典书系
高端选编委员会

（以出生时间先后为序）

束沛德（中国作家协会原书记处书记、儿童文学委员会原主任，著名评论家）

金　波（首都师范大学教授，北京市作家协会儿童文学委员会原主任，著名儿童文学作家、诗人）

樊发稼（中国作家协会儿童文学委员会原副主任，著名儿童文学作家、诗人）

张之路（中国作家协会儿童文学委员会原副主任，中国电影家协会儿童电影工作委员会会长，著名儿童文学作家、剧作家）

王泉根（北京师范大学教授、博士生导师，中国作家协会儿童文学委员会副主任，著名评论家）

高洪波（中国作家协会副主席、儿童文学委员会主任，著名儿童文学作家、诗人）

曹文轩（北京大学教授、博士生导师，中国作家协会儿童文学委员会副主任，著名儿童文学作家）

目　录

① 再版说明
③ 总序

1　流浪地球
50　超新星纪元
95　圆圆的肥皂泡
124　带上她的眼睛
142　微纪元
175　中国太阳
224　朝闻道

附录

262　作家相册
265　作家手迹

流 浪 地 球

刹车时代

我没见过黑夜,我没见过星星,我没见过春天、秋天和冬天。

我出生在刹车时代结束的时候,那时地球刚刚停止转动。

地球自转刹车用了四十二年,比联合政府的计划长了三年。妈妈给我讲过我们全家看最后一个日落的情景:太阳落得很慢,仿佛在地平线上停住了,用了三天三夜才落下去。当然,以后没有"天"也没有"夜"了,东半球在相当长的一段时间里(有十几年吧)将永远是黄昏,因为太阳在地平线下并没落深,还在半边天上映出它的光芒。就在那次漫长的日落中,我出生了。

黄昏并不意味着昏暗,地球发动机把整个北半球照得通明。地球发动机安装在亚洲和美洲大陆上,因为只有这两个大陆完整坚实的板块结构才能承受发动机对地球巨大的推力。地球发动机共有一万两千台,分布在亚洲和美洲大陆的各个平原上。从我住的地方,可以看到几百台发动机喷出的等离子体光柱。你可以想象一个巨大的宫殿,有雅典卫城上的神殿那么大,殿中有无数根顶天立地的巨柱,每根柱子像一根巨大的日光灯管那样发出蓝白色的强光。而你,是那巨大宫殿地板上的一个细菌,这样,你就可以想象到我所在的世界是什么样子了。其实这样描述还不是太准确,是地球发动机产生的切线推力分量刹住了地球的自转,因此地球发动机的喷射必须有一定的角度,这样天空中的那些巨型光柱是倾斜的,我们是处在一个将要倾倒的巨殿中!南半球的人来到北半球后突然置身于这个环境中,有许多人会精神失常的。

比这景象更可怕的是发动机带来的酷热,户外气温高达七八十摄氏度,必须穿上冷却服才能外出。在这样的气温下常常会有暴雨,而发动机光柱穿过乌云时的景象简直是一场噩梦!光柱蓝白色的强光在云中散射,变成无数种色彩组成的疯狂涌动的光晕,整个天空仿佛被白热的火山岩浆所覆盖。爷爷老糊涂了,有一次被酷热折磨得实在受不了，看到下大雨喜出望外，就赤膊冲出门去，我们没来得及拦住他，外面雨点已被地球发动机超高温的等离子光柱烤热，把他身上烫起了一层皮。

但对于我们这一代在北半球出生的人来说，这一切都很自然，就如同在刹车时代以前的人们看到太阳、星星和月亮那么自然一样。我们把那个时代的人类历史都叫作前太阳时代，那真是个让人神往的黄金时代啊！

在我小学入学时，教师带我们班的三十个孩子进行了一次环球旅行，作为一门课程。这时地球已经完全停转，地球发动机除了维持这个行星的这种静止状态外，只进行一些姿态调整，所以从我三岁到六岁的三年时间中，光柱的光度大为减弱，这使得我们可以在这次旅行中更好地认识我们的世界。

我们第一次近距离见到地球发动机是在石家庄附近的太行山出口处，那是一座金属的高山，在我们面前赫然耸立，占据了半个天空，同它相比，西边的太行山山脉如同一串小土丘。有的孩子惊叹它如珠峰一样高。我们的班主任小星老师是一位漂亮姑娘，她笑着告诉我们，这座发动机的高度是一万一千米，比珠峰还要高两千多米，人们管它们叫"上帝的喷灯"。我们站在它巨大的阴影中，感受着它通过大地传来的震动。

地球发动机分为两大类，大一些的叫"山"，小一些的叫"峰"。我们登上了"华北794号山"。登"山"比登"峰"

花的时间长，因为"峰"是靠巨型电梯上下的，上"山"则要坐汽车沿盘"山"公路走。我们的汽车混在不见首尾的长车队中，沿着光滑的钢铁公路向上爬行。我们的左边是青色的金属峭壁，右边是万丈深渊。

车队由五十吨的巨型自卸卡车组成，车上满载着从太行山上挖下的岩石。汽车很快升到了五千米以上，下面的大地已看不清细节，只能看到地球发动机反射的一片青光。小星老师让我们戴上氧气面罩。随着我们距喷口越来越近，光度和温度都在剧增，面罩的颜色渐渐变深，冷却服中的微型压缩机也大功率地忙碌起来。在六千米处，我们见到了进料口，一车车的大石块倒进那闪着幽幽红光的大洞中，一点声音都没传出来。我问小星老师地球发动机是如何用岩石做燃料的。

"重元素聚变是一门很深的学问，现在跟你们还讲不明白。你们只需要知道，地球发动机是人类建造的力量最大的机器，比如我们所在的'华北794号'，全功率运行时能向大地产生一百五十亿吨的推力。"

我们的汽车终于登上了顶峰，喷口就在我们头顶上。由于光柱的直径太大，我们现在抬头看到的是一堵发着蓝光的等离子体巨墙，这巨墙向上伸延到无限高处。

这时，我突然想起不久前的一堂哲学课，那个憔悴的老师给我们出了一个谜语。

"你在平原上走着走着，突然迎面遇到一堵墙，这墙向上无限高,向下无限深,向左无限远,向右无限远,这墙是什么?"

我打了一个寒战,接着把这个谜语告诉了身边的小星老师。她想了好一会儿,困惑地摇摇头。我把嘴凑到她耳边,把那个可怕的谜底告诉她。

"死亡。"

她默默地看了我几秒钟,突然把我紧紧地抱在怀里。我从她的肩上极目望去,迷蒙的大地上耸立着一片金属的巨峰,从我们周围一直延伸到地平线。巨峰吐出的光柱如一片倾斜的宇宙森林,刺破我们摇摇欲坠的天空。

我们很快到了海边,看到城市摩天大楼的尖顶伸出海面,退潮时白花花的海水从大楼无数的窗子中流出,形成一道道瀑布……刹车时代刚刚结束,其对地球的影响已触目惊心:地球发动机加速造成的潮汐吞没了北半球三分之二的大城市,发动机带来的全球高温融化了极地冰川,更使这大洪水雪上加霜,波及南半球。爷爷在三十年前目睹了百米高的巨浪吞没上海的情景,他现在讲这事的时候眼还直勾勾的。事实上,我们的星球还没启程就已面目全非了,谁知道在以后漫长的外太空流浪中,还有多少苦难在等着我们呢?

我们乘上一种叫船的古老的交通工具在海面上航行。地球发动机的光柱在后面越来越远,一天以后就完全看不见了。这时,大海处在两片霞光之间,一片是西面地球发动机的光柱产生的青蓝色霞光，一片是东方海平面下的太阳产生的粉红色霞光，它们在海面上的反射使大海也分成了闪耀着两色光芒的两部分，我们的船就行驶在这两部分的分界处，这景色真是奇妙！但随着青蓝色霞光的渐渐减弱和粉红色霞光的渐渐增强，一种不安的气氛在船上弥漫开来。甲板上见不到孩子们了，他们都躲在船舱里不出来，舷窗的帘子也被紧紧拉上。一天后，我们最害怕的时刻终于到来了，我们集合在那间用作教室的大舱中，小星老师庄严地宣布："孩子们，我们要去看日出了。"

没有人动，我们目光呆滞，像突然冻住一样僵在那儿。小星老师又催了几次，还是没人挪地方。她的一位男同事说："我早就提过，环球体验课应该放在近代史课前面，这样学生在心理上就比较容易适应了。"

"没那么简单，在近代史课前，他们早就从社会上知道一切了。"小星老师说，她接着对几位班干部说，"你们先走，孩子们，不要怕，我小时候第一次看日出也很紧张，但看过一次就好了。"

孩子们终于一个个站了起来，朝着舱门挪动脚步。这时，我感到一只湿湿的小手抓住了我的手，回头一看，是灵儿。

"我怕……"她嘤嘤地说。

"我们在电视上也看到过太阳，反正都一样的。"我安慰她说。

"怎么会一样呢，你在电视上看蛇和看真蛇一样吗？"

"……反正我们得上去,要不这门课会被扣分的!"

我和灵儿紧紧拉着手,和其他孩子一起战战兢兢地朝甲板走去,去面对我们人生中的第一次日出。

"其实,人类把太阳同恐惧连在一起也只是这三四个世纪的事。这之前,人类是不怕太阳的,相反,太阳在他们眼中是庄严和壮美的。那时地球还在转动,人们每天都能看到日出和日落。他们对着初升的太阳欢呼,赞颂落日的美丽。"小星老师站在船头对我们说,海风吹动着她的长发,在她身后,海天连接处射出几道光芒,好像海面下的一头大得无法想象的怪兽喷出的鼻息。

终于,我们看到了那令人胆寒的火焰,刚开始时只是天水连线上的一个亮点,很快增大,渐渐显示出了圆弧的形状。这时,我感到自己的喉咙被什么东西卡住了,恐惧使我窒息,脚下的甲板仿佛突然消失,我在向海的深渊坠下去、坠下去……和我一起下坠的还有灵儿,她那蛛丝般柔弱的小身躯紧贴着我颤抖着;还有其他孩子,其他的所有人,整个世界,都在下坠。这时我又想起了那个谜语,我曾问过哲学老师,那堵墙是什么颜色的,他说应该是黑色的。我觉得不对,我想象中的死亡之墙应该是雪亮的,这就是为什么那道等离子体墙让我想起了它。这个时代,死亡不再是黑色的,它是闪电的颜色,当那最后的闪电到来时,世界将在瞬间变成蒸汽。

三个多世纪前,天体物理学家们就发现这太阳内部氢转化为氦的速度突然加快，于是他们发射了上万个探测器穿过太阳，最终建立了这颗恒星完整精确的数学模型。

巨型计算机对这个模型计算的结果表明，太阳的演化已向主星序外偏移，氦元素的聚变将在很短的时间内传遍整个太阳内部，由此产生一次叫氦闪的剧烈爆炸，之后，太阳将变为一颗巨大但黯淡的红巨星，它膨胀到如此之大，地球将在太阳内部运行！事实上，在这之前的氦闪爆发中，我们的星球已被汽化了。

这一切将在四百年内发生，现在已过了三百八十年。

太阳的灾变将炸毁和吞没太阳系所有适合居住的类地行星，并使所有类木行星完全改变形态和轨道。自第一次氦闪后，随着重元素在太阳中心的反复聚集，太阳氦闪将在一段时间反复发生，这"一段时间"是相对于恒星演化来说的，其长度可能相当于上千个人类历史。所以，人类在以后的太阳系中已无法生存下去，唯一的生路是向外太空恒星际移民，而照人类目前的技术力量，全人类移民唯一可行的目标是半人马座比邻星，这是距我们最近的恒星，有 4.3 光年的路程。以上看法人们已达成共识，争论的焦点在移民方式上。

为了加强教学效果，我们的船在太平洋上折返了两次，又给我们制造了两次日出。现在我们已完全适应了，也相信了南半球那些每天面对太阳的孩子确实能活下去。

以后我们就在太阳下航行了，太阳在空中越升越高，这几天凉爽下来的天气又热了起来。我正在自己的舱里昏昏欲睡,听到外面有骚乱的声音。灵儿推开门探进头来。

"嘿,飞船派和地球派又打起来了!"

我对这事儿不感兴趣,他们已经打了四个世纪了。但我还是到外面看了看,在那打成一团的几个男孩儿中,一眼就看出了挑起事儿的是阿东。他爸爸是个顽固的飞船派,因参加一次反联合政府的暴动,现在还被关在监狱里。有其父必有其子。

小星老师和几名粗壮的船员好不容易才拉开架,阿东鼻子血糊糊的,振臂高呼:"把地球派扔到海里去!"

"我也是地球派,也要扔到海里去?"小星老师问。

"地球派都扔到海里去!"阿东毫不示弱,现在,全世界飞船派情绪又呈上升趋势,所以他们又狂起来了。

"为什么这么恨我们?"小星老师问。其他几个飞船派小子接着喊了起来:"我们不和地球派傻瓜在地球上等死!"

"我们要坐飞船走!飞船万岁!"

……

小星老师按了一下手腕上的全息显示器,我们面前的空中立刻显示出一幅全息图像,孩子们的注意力立刻被它吸引过去,暂时安静下来。那是一个晶莹透明的密封玻璃球,直径大约有十厘米,球里有三分之二充满了水,水中有一只小虾、一小枝珊瑚和一些绿色的藻类植物,小虾在水中悠然地游动着。小星老师说:"这是阿东的一件自然课的设计作业，小球中除了这几样东西外，还有一些看不见的细菌，它们在密封的玻璃球中相互依赖、相互作用。小虾以海藻为食，从水中摄取氧气，然后排出含有机物质的粪便和二氧化碳废气，细菌将这些东西分解成无机物质和二氧化碳，然后海藻利用了这些无机物质与人造阳光进行光合作用，制造营养物质，进行生长和繁殖，同时放出氧气供小虾呼吸。这样的生态循环应该能使玻璃球中的生物在只有阳光供应的情况下生生不息。这是我见过的最好的课程设计，我知道，这里面凝聚了阿东和所有飞船派孩子的梦想，这就是你们梦中飞船的缩影啊！阿东告诉我，他按照计算机中严格的数学模型，对球中每一样生物进行了基因设计，使它们的新陈代谢正好达到平衡。他坚信，球中的生命世界会长期活下去，直到小虾寿命的终点。老师们都很钟爱这件作业，我们把它放到所要求强度的人造阳光下，也坚信阿东的预测，默默地祝福他创造的这个小小的世界。但现在，时间只过去了十几天……"

小星老师从随身带来的一个小箱子中小心翼翼地拿出了那个玻璃球，死去的小虾漂浮在水面上，水已浑浊不堪，腐烂的藻类植物已失去了绿色，变成一团没有生命的毛状物覆盖在珊瑚上。

"这个小世界死了。孩子们，谁能说出为什么？"小星老师把那个死亡的世界举到孩子们面前。

"它太小了！"

"说得对，太小了，小的生态系统，不管多么精确，都经不起时间的风浪。飞船派们想象中的飞船也一样。"

"我们的飞船可以造得像上海或纽约那么大。"阿东说，声音比刚才低了许多。

"是的，按人类目前的技术也只能造这么大，同地球相比，这样的生态系统还是太小、太小了。"

"我们会找到新的行星。"

"这连你们自己也不相信。半人马座没有行星，最近的有行星的恒星在八百五十光年以外，目前人类能建造的最快的飞船也只能达到光速的 0.5%，这样就需十七万年时间才能到那儿，飞船规模的生态系统连这十分之一的时间都维持不了。孩子们，只有像地球这样规模的生态系统，这样气势磅礴的生态循环，才能使生命万代不息！人类在宇宙间离开了地球，就像婴儿在沙漠里离开了母亲！"

"可……老师，我们来不及的，地球来不及的，它还来不及加速到足够快，航行到足够远，太阳就爆炸了！"

"时间是够的，要相信联合政府！这我说了多少遍，如果你们还不相信，我们就退一万步说，人类将自豪地死去，因为我们尽了最大的努力！"

人类的逃亡分为五步：第一步，用地球发动机使地球停止转动，使发动机喷口固定在地球运行的反方向；第二步，全功率开动地球发动机，使地球加速到逃逸速度，飞出太阳系；第三步，在外太空继续加速，飞向比邻星；第四步，在中途使地球重新自转，掉转发动机方向，开始减速；第五步，地球泊入比邻星轨道，成为这颗恒星的卫星。人们把这五步分别称为刹车时代、逃逸时代、流浪时代Ⅰ（加速）、流浪时代Ⅱ（减速）和新太阳时代。

整个移民过程将延续两千五百年时间，一百代人。

我们的船继续航行，到了地球黑夜的部分，在这里，阳光和地球发动机的光柱都照不到，在大西洋清凉的海风中，我们这些孩子第一次看到了星空。天哪，那是怎样的景象啊，美得让我们心醉。小星老师一手搂着我们，一手指着星空："看，孩子们，那就是半人马座，那就是比邻星，那就是我们的新家！"说完，她哭了起来，我们也都跟着哭了，周围的水手和船长，这些铁打的汉子也流下了眼泪。所有的人都用泪眼探望着老师指的方向，星空在泪水中扭曲抖动，唯有那颗星星是不动的，那是黑夜大海狂浪中远方陆地的灯塔，那是冰雪荒原中快要冻死的孤独旅人前方隐现的火光，那是我们心中的太阳，是人类在未来一百代人的苦海中唯一的希望和支撑……

在回家的航程中，我们看到了启航的第一个信号：夜空中出现了一个巨大的彗星，那是月球。人类带不走月球，就在月球上也安装了行星发动机，把它推离地球轨道，以免在地球加速时相撞。月球上行星发动机产生的巨大彗尾使大海笼罩在一片蓝光之中，群星看不见了。月球移动产生的引力潮汐使大海巨浪冲天，我们改乘飞机向南半球的

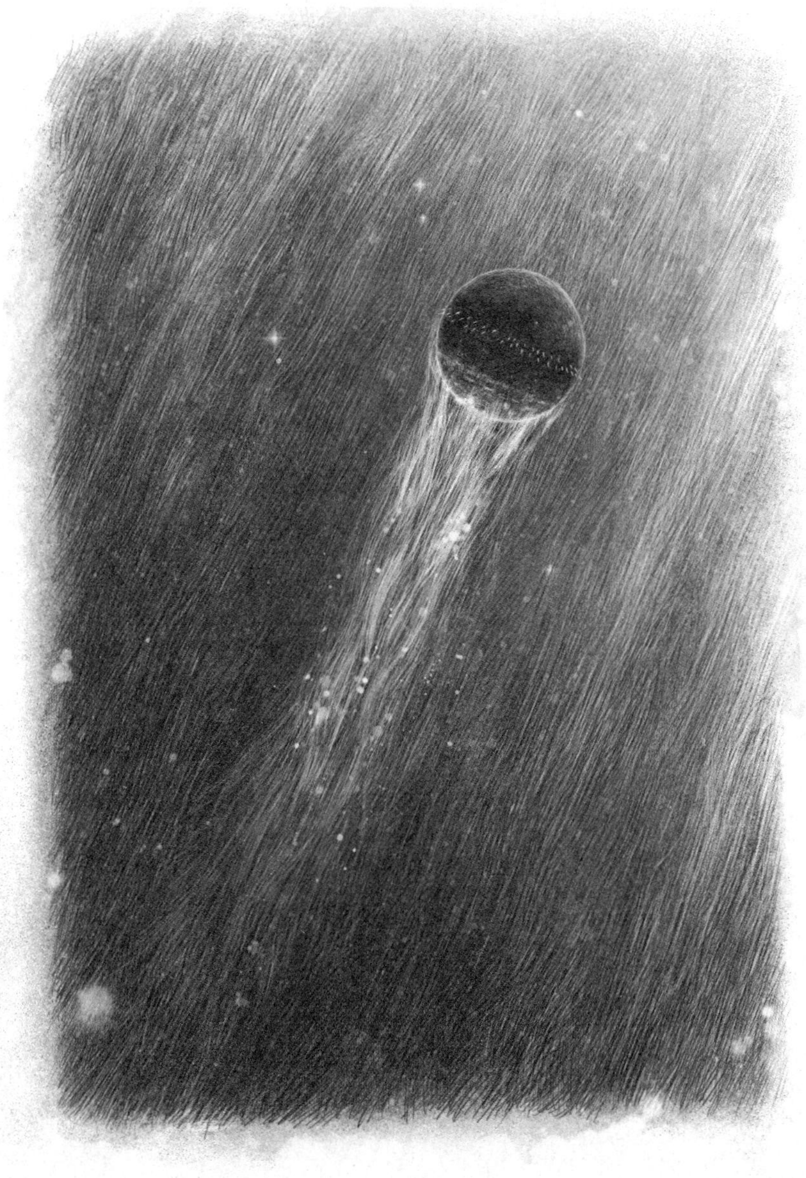

人类的逃亡分为五步：第一步，用地球发动机使地球停止转动，使发动机喷口固定在地球运行的反方向；第二步，全功率开动地球发动机，使地球加速到逃逸速度，飞出太阳系；第三步，在外太空继续加速，飞向比邻星；第四步，在中途使地球重新自转，掉转发动机方向，开始减速；第五步，地球泊入比邻星轨道，成为这颗恒星的卫星。

家飞去。

启航的日子终于到了！

我们一下飞机，就被地球发动机的光柱照得睁不开眼，这些光柱比以前亮了几倍，而且所有光柱都由倾斜变成笔直。地球发动机开到了最大功率，加速产生的百米巨浪轰鸣着滚上每个大陆，灼热的飓风夹着滚烫的水沫，在林立的顶天立地的等离子光柱间疯狂呼啸，拔起了陆地上所有的大树……这时从宇宙空间看，我们的星球也成了一个巨大的彗星，蓝色的彗尾刺破了黑暗的太空。

地球上路了，人类上路了。

就在启航时，爷爷去世了，他身上的烫伤已经感染。弥留之际他反复念叨着一句话："啊，地球，我的流浪地球啊……"

逃逸时代

学校要搬入地下城了，我们是第一批入城的居民。校车钻进了一个高大的隧洞，隧洞呈不大的坡度向地下延伸。走了有半个钟头，我们被告之已入城了，可车窗外哪有城市的样子？只看到不断掠过的错综复杂的支洞和洞壁上无数的密封门，在高高洞顶的一排泛光灯下，一切都呈单调的金属蓝色。想到后半生的大部分时光都要在这个世界中度过，我们不禁黯然神伤。

"原始人就住洞里，我们又住洞里了。"灵儿低声说，这话还是让小星老师听见了。

"没有办法的，孩子们，地面的环境很快就要变得很可怕、很可怕。那时，冷的时候，吐一口唾沫，还没掉到地上呢，就冻成小冰块儿了；热的时候，再吐一口唾沫，还没掉到地上，就变成蒸汽了！"

"冷我知道，因为地球离太阳越来越远了；可为什么还会热呢？"同车的一个低年级的小娃娃问。

"笨，没学过变轨加速吗？"我没好气地说。

"没有。"

灵儿耐心地解释起来，好像是为了分散刚才的悲伤："是这样，跟你想的不同，地球发动机没那么大劲，它只能给地球很小的加速度，不能把地球一下子推出太阳轨道，在地球离开太阳前，还要绕着它转十五个圈呢！在这十五个圈中，地球慢慢加速。现在，地球绕太阳转着一个挺圆的圈，可它的速度越快呢，这圈就越扁，越快越扁越快越扁，太阳越来越移到这个扁圈的一边儿，所以后来地球有时离太阳会很远很远，当然冷了……"

"可……还是不对！地球到最远的地方是很冷，可在扁圈的另一头儿，它离太阳……嗯，我想想，按轨道动力学，还是现在这么近啊，怎么会更热呢？"

真是个小天才，记忆遗传技术使这样的小娃娃具备了成人的智力水平，这是人类的幸运，否则，像地球发动机这样连神都不敢想的奇迹，是不会在四个世纪内变成现实的。

我说："可还有地球发动机呢，小傻瓜！现在，一万多台那样的大喷灯全功率开动，地球就成了火箭喷口的护圈了……你们安静点吧，我心里烦！"

我们就这样开始了地下的生活，像这样在地下五百米处人口超过百万的城市遍布各个大陆。在这样的地下城中，我读完小学并升入中学。学校教育都集中在理工科上，艺术和哲学之类的教育已压缩到最少，人类没有这份闲心了。这是人类最忙的时代，每个人都有做不完的工作。很有意思的是，地球上所有的宗教在一夜之间消失得无影无踪，现在人们终于明白，就算真有上帝，他也是个混蛋。历史课还是有的，只是课本中前太阳时代的人类历史在我们看来就像伊甸园中的神话一样。

父亲是空军的一名近地轨道宇航员，在家的时间很少。记得在变轨加速的第五年，在地球处于远日点时，我们全家到海边去过一次。地球运行到远日点顶端那一天，是一个如同新年或圣诞节一样的节日，因为这时地球距太阳最远，人们都有一种虚幻的安全感。像以前到地面上去一样，我们需穿上带有核电池的全密封加热服。外面，地球发动机林立的刺目光柱是主要能看见的东西，地面世界的其他部分都淹没于光柱的强光中，也看不出变化。我们乘飞行汽车飞了很长时间，到了光柱照不到的地方，到了能看见太阳的海边。这时的太阳已成了一个棒球大小，一动不动地悬在天边，它的光芒只在自己的周围映出了一圈晨曦似的亮影，天空呈暗暗的深蓝色，星星仍清晰可见。举目望去，哪有海啊，眼前是一片白茫茫的冰原。在这封冻的大海上，有大群狂欢的人。焰火在暗蓝色的空中开放，冰冻海面上的人们以一种不正常的感情在狂欢着，到处都是喝醉了在冰上打滚的人，更多的人在声嘶力竭地唱着不同的歌，都想用自己的声音压住别人。

"每个人都在不顾一切地过自己想过的生活，这也没有什么不好。"爸爸突然想起了一件事，"呵，忘了告诉你们，我爱上了黎星，我要离开你们和她在一起。"

"她是谁？"妈妈平静地问。

"我的小学老师。"我替爸爸回答。我升入中学已两年，不知道爸爸和小星老师是怎么认识的，也许是在两年前的那个毕业仪式上？

"那你去吧。"妈妈说。

"过一阵我肯定会厌倦，那时我就回来，你看呢？"

"你要愿意，当然行。"妈妈的声音像冰冻的海面一样平静，但很快激动起来，"啊，这一颗真漂亮，里面一定有全息散射体！"她指着刚在空中开放的一朵焰火，真诚地赞美着。

在这个时代,人们在看四个世纪以前的电影和小说时都莫名其妙,他们不明白,前太阳时代的人怎么会在不关生死的事情上倾注那么多的感情。当看到男女主人公为爱情而痛苦或哭泣时,他们的惊奇是难以言表的。在这个时代,死亡的威胁和逃生的欲望压倒了一切,除了当前太阳的状态和地球的位置,没有什么能真正引起他们的注意并打动他们了。这种注意力高度集中的关注,渐渐从本质上改变了人类的心理状态和精神生活,对于爱情这类东西,他们只是用余光瞥一下而已,就像赌徒在盯着轮盘的间隙抓住几秒钟喝口水一样。

过了两个月,爸爸真从小星老师那儿回来了,妈妈没有高兴,也没有不高兴。

爸爸对我说:"黎星对你印象很好,她说你是一个有创造力的学生。"

妈妈一脸茫然:"她是谁?"

"小星老师嘛,我的小学老师,爸爸这两个月就是同她在一起的!"

"哦,想起来了!"妈妈摇头笑了,"我还不到四十,记忆力就成了这个样子。"她抬头看看天花板上的全息星空,又看看四壁的全息森林,"你回来挺好,把这些图像换换吧,我和孩子都看腻了,但我们都不会调整这玩意儿。"

当地球再次向太阳跌去的时候,我们全家都把这事忘了。

有一天，新闻报道海在融化，于是我们全家又到海边去了。这是地球通过火星轨道的时候，按照当时太阳的光照量，地球的气温应该仍然是很低的，但由于地球发动机的影响，地面的气温正适宜。能不穿加热服或冷却服去地面，那感觉真令人愉快。地球发动机所在的这个半球天空还是那个样子，但到达另一个半球时，真正感到了太阳的临近：天空是明朗的纯蓝色，太阳在空中已同启航前一样明亮了。可我们从空中看到海并没有融化，还是一片白色的冰原。当我们失望地走出飞行汽车时，听到惊天动地的隆隆声，那声音仿佛来自这颗星球的最深处，真像地球要爆炸一样。

"这是大海的声音！"爸爸说，"因为气温骤升，厚厚的冰层受热不均匀，这很像陆地上的地震。"

突然，一声雷霆般尖厉的巨响插进这低沉的隆隆声中，我们后面看海的人们欢呼起来。我看到海面上裂开一道长缝，其开裂速度之快如同广阔的冰原上突然出现的一道黑色的闪电。接着在不断的巨响中，这样的裂缝一条接一条地在海冰上出现，海水从所有的裂缝中喷出，在冰原上形成一条条迅速扩散的急流……

回家的路上，我们看到荒芜已久的大地上，野草在大片大片地钻出地面，各种花朵在怒放，嫩叶给枯死的森林披上绿装……所有的生命都在抓紧时间焕发着活力。

随着地球和太阳的距离越来越近，人们的心也一天天揪紧了。到地面上来欣赏春色的人越来越少,大部分人都深深地躲进了地下城中,这不是为了躲避即将到来的酷热、暴雨和飓风,而是躲避那随着太阳越来越近的恐惧。有一天在我睡下后,听到妈妈低声对爸爸说:"可能真的来不及了。"

爸爸说:"前四个近日点时也有这种谣言。"

"可这次是真的,我是从钱德勒博士夫人口中听说的,她丈夫是航行委员会的那个天文学家,你们都知道他的。他亲口告诉她已观测到氦的聚集在加速。"

"你听着,亲爱的,我们必须抱有希望,这并不是因为希望真的存在,而是因为我们要做高贵的人。在前太阳时代,做一个高贵的人必须拥有金钱、权力或才能,而在今天,只要拥有希望,希望是这个时代的黄金和宝石,不管活多长,我们都要拥有它!明天把这话告诉孩子。"

和所有的人一样,我也随着近日点的到来而心神不定。有一天放学后,我不知不觉走到了市中心广场,在广场中央有喷泉的圆形水池边呆立着,时而低头看着蓝莹莹的池水,时而抬头望着广场圆形穹顶上梦幻般的光波纹,那是池水反射上去的。这时我看到了灵儿,她拿着一个小瓶子和一根小管儿在吹肥皂泡。每吹出一串,她都呆呆地盯着空中飘浮的泡泡,看着它们一个个消失,然后再吹出一串……

"都这么大了还干这个,这好玩吗?"我走过去问她。

灵儿见了我以后喜出望外："我们去旅行吧！"

"旅行？去哪儿？"

"当然是地面啦！"她挥手在空中划了一下，用手腕上的计算机甩出一幅全息景象：显示出一个落日下的海滩，微风吹拂着棕榈树，道道白浪，金黄的沙滩上有一对对的情侣，他们在铺满碎金的海面前呈一对对黑色的剪影。"这是梦娜和大刚发回来的，他俩现在还满世界转呢，他们说外面现在还不太热，外面可好了，我们去吧！"

"他们因为旷课，刚被学校开除了。"

"哼，你根本不是怕这个，你是怕太阳！"

"你不怕吗？别忘了你因为怕太阳还看过精神病医生呢。"

"可我现在不一样了，我受到了启示！你看，"灵儿用小管儿吹出了一串肥皂泡，"盯着它看！"她用手指着一个肥皂泡说。

我盯着那个泡泡，看到它表面上光和色的狂澜，那狂澜以人的感觉无法把握的复杂和精细在涌动，好像那个泡泡知道自己生命的长度，疯狂地把自己浩如烟海的记忆中无数的梦幻和传奇向世界演绎。很快，光和色的狂澜在一次无声的爆炸中消失了，我看到了一小片似有似无的水汽，这水汽也只存在了半秒钟，然后什么都没有了，好像什么都没有存在过。

"看到了吗？地球就是宇宙中的一个小水泡，啪的一下，就什么都没了，有什么好怕的呢？"

"不是这样的，据计算，在氦闪发生时，地球被完全蒸发掉至少需要一百个小时。"

"这就是最可怕之处了！"灵儿大叫起来，"我们在这地下五百米，就像馅饼里的肉馅一样，先给慢慢烤熟了，再蒸发掉！"

一阵冷战传遍我的全身。

"但在地面就不一样了，那里的一切瞬间被蒸发，地面上的人就像那泡泡一样，啪的一下……所以，氦闪时还是在地面上为好。"

不知为什么，我没同她去，她就同阿东去了，我以后再也没见到他们。

氦闪并没有发生，地球高速掠过了近日点，第六次向远日点升去，人们绷紧的神经松弛下来。由于地球自转已停止，在太阳轨道的这一面，亚洲大陆上的地球发动机正对着它的运行方向，所以在通过近日点前都停了下来，只是偶尔做一些调整姿态的运行，我们这儿处于宁静而漫长的黑夜之中。美洲大陆上的发动机则全功率运行，那里成了火箭喷口的护圈。由于太阳这时也处于西半球，那儿的高温更是可怕，草木生烟。

地球的变轨加速就这样年复一年地进行着。每当地球向远日点升去时，人们的心也随着地球与太阳距离的日益拉长而放松；而当它在新的一年向太阳跌去时，人们的心也一天天紧缩起来。每次到达近日点，社会上就谣言四起，说太阳氦闪就要在这时发生了；直到地球再次升向远日点，人们的恐惧才随着天空中渐渐变小的太阳平息下来，但又在酝酿着下一次的恐惧……人类的精神像在荡着一个宇宙秋千，更适当地说，在经历着一场宇宙俄罗斯轮盘赌：升上远日点和跌向太阳的过程是在转动弹仓，掠过近日点时则是扣动扳机！每扣一次时的神经比上一次更紧张，我就是在这种交替的恐惧中度过了自己的少年时代。其实仔细想想，即使在远日点，地球也未脱离太阳氦闪的威力圈，如果那时太阳爆发，地球不是被汽化而是被慢慢液化，那种结果还真不如在近日点。

在逃逸时代，大灾难接踵而至。

由于地球发动机产生的加速度及运行轨道的改变，地核中铁镍核心的平衡被扰动，其影响穿过古腾堡不连续面，波及地幔。各个大陆地热逸出，火山横行，这对于人类的地下城市是致命的威胁。从第六次变轨周期后，在各大陆的地下城中，岩浆渗入，灾难频繁发生。

那天当警报响起来的时候，我正走在放学回家的路上，听到市政厅的广播："F112市全体市民注意，城市北部屏障已被地应力破坏，岩浆渗入！岩浆渗入！现在岩浆流已到达第四街区！公路出口被封死，全体市民到市中心广场集合，通过升降梯向地面撤离。注意，撤离时按危机法第五条行事，强调一遍，撤离时按危机法第五条行事！"

我环视了一下四周迷宫般的通道，地下城现在看上去并没有什么异常。但我知道现在的危险：只有两条通向外部的地下公路，其中一条去年因加固屏障的需要已被堵死，如果剩下的这条也堵死了，就只有通过经竖井直通地面的升降梯逃命了。升降梯的载运量很小，要把这座城市的三十六万人运出去，需要很长时间，但也没有必要去争夺生存的机会，联合政府的危机法把一切都安排好了。

古代曾有过一个伦理学问题：当洪水到来时，一个只能救走一个人的男人，是去救他的父亲呢，还是去救他的儿子？在这个时代的人看来，提出这个问题很不可理解。

当我到达市中心广场时，看到人们已按年龄排起了长长的队。最靠近电梯口的是由机器人保育员抱着的婴儿，然后是幼儿园的孩子，再往后是小学生……我排在队伍中间靠前的部分。爸爸现在在近地轨道值班，城里只有我和妈妈，我现在看不到妈妈，就顺着长长的队伍跑，没跑多远就被士兵拦住了。我知道她在最后一段，因为这个城市主要是学校集中地，家庭很少，她已经算年纪大的那批人了。

长队以让人心里着火的慢速度向前移动，三个小时后轮到我跨进升降梯时，我心里一点都不轻松，因为这时在妈妈和生存之间，还隔着两万多名大学生呢！而我已闻到了浓烈的硫磺味……

我到地面两个半小时后，岩浆就在五百米深的地下吞没了整座城市。我心如刀绞地想象着妈妈最后的时刻：她同没能撤出的一万八千人一起，看着岩浆涌进市中心广场。那时已经停电，整个地下城只有岩浆那可怖的暗红色光芒。广场那高大的白色穹顶在高温中渐渐变黑，所有的遇难者可能还没接触到岩浆，就已经被这上千摄氏度的高温夺去了生命。

但生活还在继续，在这严酷恐惧的现实中，爱情仍不时闪现出迷人的火花。为了缓解人们的紧张情绪，在第十二次到达远日点时，联合政府居然恢复了中断达两个世纪的奥运会。我作为一名机动冰橇拉力赛的选手参加了奥运会，比赛是驾驶机动冰橇，从上海出发，从冰面上横穿封冻的太平洋，到达终点纽约。

发令枪响过之后，上百只雪橇在冰冻的海洋上以每小时两百千米左右的速度出发了。开始还有几只雪橇相伴，但两天后，他们或前或后，都消失在地平线之外。

这时背后地球发动机的光芒已经看不到了，我正处于地球最黑暗的部分。在我眼中，世界就是由广阔的星空和向四面无限延伸的冰原组成的，这冰原似乎一直延伸到宇宙的尽头，或者它本身就是宇宙的尽头。而在无限的星空和无限的冰原组成的宇宙中，只有我一个人！雪崩般的孤独感压倒了我，我想哭。我拼命地赶路，名次已无关紧要，只是为了在这可怕的孤独感杀死我之前尽早地摆脱它，而那想象中的彼岸似乎根本就不存在。

就在这时，我看到天边出现了一个人影。近了些后，我发现那是一个姑娘，正站在她的雪橇旁，她的长发在冰原上的寒风中飘动着。你知道这时遇见一个姑娘意味着什么吗？我们的后半生由此决定了。她是日本人，叫山彬加代子。女子组比我们先出发十二个小时，她的雪橇卡在冰缝中，把一根滑竿卡断了。我一边帮她修雪橇，一边把自己刚才的感觉告诉她。

"您说得太对了，我也是那样的感觉！是的，好像整个宇宙中就只有你一个人！您知道吗？我看到您从远方出现时，就像看到太阳升起一样呢！"

"那你为什么不叫救援飞机？"

"这是一场体现人类精神的比赛，要知道，流浪地球在宇宙中是叫不到救援的！"她挥动着小拳头，以日本人特有的执着说。

"不过现在总得叫了，我们都没有备用滑竿，你的雪橇修不好了。"

"那我坐您的雪橇一起走好吗？如果您不在意名次的话。"

我当然不在意，于是我和加代子一起在冰冻的太平洋上走完了剩下的漫长路程。经过夏威夷后，我们看到了天边的曙光。在这个被小小的太阳照亮的无际冰原上，我们向联合政府的民政部发去了结婚申请。

当我们到达纽约时，这个项目的裁判们早等得不耐烦，收摊走了。但有一个民政局的官员在等着我们，他向我们致以新婚的祝贺，然后开始履行他的职责：他挥手在空中划出一个全息图像，上面整齐地排列着几万个圆点，这是这几天全世界向联合政府登记结婚的数目。由于环境的严酷，法律规定每三对新婚配偶中只有一对有生育权，抽签决定。加代子对着半空中那几万个点犹豫了半天，点了中间的一个。

当那个点变为绿色时，她高兴得跳了起来。但我的心中却不知是什么滋味，我的孩子出生在这个苦难的时代，是幸运还是不幸呢？那个官员倒是兴高采烈，他说每当"点绿"的时候他都十分高兴，他拿出了一瓶伏特加，我们三个轮着一人一口地喝着，都为人类的延续干杯。我们身后，遥远的太阳用它微弱的光芒给自由女神像镀上了一层金辉，对面是已无人居住的曼哈顿的摩天大楼群，微弱的阳光把它们的影子长长地投在纽约港寂静的冰面上。醉意蒙眬的我，眼泪涌了出来。

地球，我的流浪地球啊！

分手前，官员递给我们一串钥匙，醉醺醺地说："这是你们在亚洲分到的房子，回家吧！哦，家多好啊！"

"有什么好的？"我漠然地说，"亚洲的地下城充满危险，你们在西半球当然体会不到。"

"我们马上也有你们体会不到的危险了，地球又要穿过小行星带，这次是西半球对着运行方向。"

"上几个变轨周期也经过小行星带，不是没什么大事吗?"

"那只是擦着小行星带的边缘走,太空舰队当然能应付,他们可以用激光和核弹把地球航线上的那些小石块都清除掉。但这次……你们没看新闻?这次地球要从小行星带正中穿过去!舰队只能对付那些大石块,唉……"

在回亚洲的飞机上,加代子问我:"那些石块很大吗?"

我父亲现在就在太空舰队干那件工作,所以尽管政府为了避免惊慌照例封锁消息,我还是知道一些情况。我告诉加代子,那些石块大得像一座大山,五千万吨级的热核炸弹只能在上面打出一个小坑。"他们就要使用人类手中威力最大的武器了!"我神秘地告诉加代子。

"你是说反物质炸弹?"

"还能是什么?"

"太空舰队的巡航范围是多远?"

"现在他们力量有限,我爸说只有一百五十万千米左右。"

"啊,那我们能看到了!"

"最好别看。"

加代子还是看了,而且是没戴护目镜看的。反物质炸弹的第一次闪光是在我们起飞不久后从太空传来的,那时加代子正在欣赏飞机舷窗外空中的星星,这使她的双眼失明了一个多小时,眼睛在以后的一个多月里都红肿、流泪。那真是让人心惊肉跳的时刻,反物质炮弹不断地击中小行星，湮灭的强光此起彼伏地在漆黑的太空中闪现，仿佛宇宙中有一群巨人围着地球用闪光灯疯狂拍照。

半小时后，我们看到了火流星，它们拖着长长的火尾划破长空，给人一种恐怖的美感。火流星越来越多，每一个在空中划过的距离越来越长。突然，机身在一声巨响中震颤了一下，紧接着又是连续的巨响和震颤。加代子惊叫着扑到我怀中，她显然以为飞机被流星击中了，这时舱里响起了机长的声音。

"请各位乘客不要惊慌，这是流星冲破音障产生的超音速爆音，请大家戴上耳机，否则您的听觉会受到永久的损害。由于飞行安全已无法保证，我们将在夏威夷紧急降落。"

这时我盯住了一个火流星，那个火球的体积比别的大出许多，我不相信它能在大气中烧完。果然，那火球疾驰过大半个天空，越来越小，但还是坠入了冰海。从万米高空中看到，海面被击中的位置出现了一个小白点，那白点立刻扩散成一个白色的圆圈，圆圈迅速在海面扩大。

"那是浪吗？"加代子颤着声音问我。

"是浪，上百米的浪。不过海封冻了，冰面会很快使它衰减的。"我自我安慰地说，不再看下面。

我们很快在檀香山降落，由当地政府安排去地下城。我们的汽车沿着海岸走，天空中布满了火流星，那些红发恶魔好像是从太空中的某一个点同时迸发出来的。

一颗流星在距海岸不远处击中了海面，没有看到水柱，但水蒸气形成的白色蘑菇云高高地升起。涌浪从冰层下传到岸边，厚厚的冰层轰隆隆地破碎了，冰面显出了浪的形状，好像有一群柔软的巨兽在下面排着队游过。

"这块有多大？"我问那位来接应我们的官员。

"不超过五公斤，不会比你的脑袋大吧。不过刚接到通知，在北方八百千米的海面上，刚落下一颗二十吨左右的。"

这时他手腕上的通信机响了，他看了一眼后对司机说："来不及到204号门了，就近找个入口吧！"

汽车拐了个弯，在一个地下城入口前停了下来。我们下车后，看到入口处有几个士兵，他们都一动不动地盯着远方的一个方向，眼里充满了恐惧。我们都顺着他们的目光看去，在天海连线处，我们看到一层黑色的屏障，初一看好像是天边低低的云层，但那"云层"的高度太齐了，像一堵横在天边的长墙，再仔细看，墙头还镶着一线白边。

"那是什么呀？"加代子怯生生地问一个军官，得到的回答让我们毛发直竖。

"浪。"

地下城高大的铁门隆隆地关上了，约莫过了十分钟，我们感到从地面传来的低沉的声音，咕噜噜的，像一个巨人在地面打滚。我们面面相觑，大家都知道，百米高的巨浪正在滚过夏威夷，也将滚过各个大陆。但另一种震动更吓人，仿佛有一只巨拳从太空中不断地击打地球，在地下这震动并不大，只能隐约感到，但每一个震动都直达我们灵魂深处。这是流星在不断地击中地面。

我们的星球所遭到的残酷轰炸断断续续持续了一个星期。

当我们走出地下城时,加代子惊叫:"天哪,天怎么是这样的!"

天空是灰色的,这是因为高层大气弥漫着小行星撞击陆地时产生的灰尘,星星和太阳都消失在这无际的灰色中,仿佛整个宇宙在下着一场大雾。地面上,滔天巨浪留下的海水还没来得及退去就封冻了,城市幸存的高楼形单影只地立在冰面上,挂着长长的冰凌柱。冰面上落了一层撞击尘,于是这个世界只剩下一种颜色:灰色。

我和加代子继续回亚洲的旅行。在飞机越过早已无意义的国际日期变更线时,我们见到了人类所见过的最黑的黑夜。飞机仿佛潜行在墨汁的海洋中,看着机舱外那没有一丝光线的世界,我们的心情也黯淡到了极点。

"什么时候到头呢?"加代子喃喃地说。我不知道她指的是这个旅程还是这充满苦难和灾难的生活,我现在觉得两者都没有尽头。是啊,即使地球航出了氦闪的威力圈,我们得以逃生,又怎么样呢?我们只是那漫长阶梯的最下一级,当我们的一百代重孙爬上阶梯的顶端,见到新生活的光明时,我们的骨头都变成灰了。我不敢想象未来的苦难和艰辛,更不敢想象要带着爱人和孩子走过这条看不到头的泥泞路,我累了,实在走不动了……就在我被悲伤和绝望窒息的时候，机舱里响起了一声女人的惊叫："啊！不！不能！亲爱的！"

我循声看去，见那个女人正从旁边的一个男人手中夺下一支手枪，他刚才显然想把枪口凑到自己的太阳穴上。这人很瘦弱，目光呆滞地看着前方无限远处。女人把头埋在他膝上，嘤嘤地哭了起来。

"安静。"男人冷冷地说。

哭声消失了，只有飞机发动机的嗡嗡声在轻响，像不变的哀乐。在我的感觉中，飞机已粘在这巨大的黑暗中，一动不动，而整个宇宙，除了黑暗和飞机，什么都没有了。加代子紧紧钻在我怀里，浑身冰凉。

突然，机舱前部有一阵骚动，有人在兴奋地低语。我向窗外看去，发现飞机前方出现了一片朦胧的光亮，那光亮是蓝色的，没有形状，十分均匀地出现在前方弥漫着撞击尘的夜空中。

那是地球发动机的光芒。

西半球的地球发动机已被陨石击毁了三分之一，但损失比启航前的预测要少；东半球的地球发动机由于背向撞击面，完好无损。从功率上来说，它们是能使地球完成逃逸航行的。

在我眼中，前方朦胧的蓝光，如同从深海漫长的上浮后看到的海面的亮光，我的呼吸又顺畅起来。

我又听到那个女人的声音："亲爱的，痛苦呀，恐惧呀，这些东西，也只有在活着时才能感觉到。死了，死了就什么也没有了，那边只有黑暗，还是活着好。你说呢？"

那瘦弱的男人没有回答，他盯着前方的蓝光看，眼泪流了下来。我知道他能活下去了，只要那希望的蓝光还亮着，我们就都能活下去，我又想起了父亲关于希望的那些话。

一下飞机，我和加代子没有去我们在地下城中的新家，而是到设在地面的太空舰队基地去找父亲，但在基地，我只见到了追授给他的一枚冰冷的勋章。这勋章是一名空军少将给我的，他告诉我，在清除地球航线上的小行星的行动中，一块被反物质炸弹炸出的小行星碎片击中了父亲的单座微型飞船。

"当时那个石块和飞船的相对速度有每秒一百千米，撞击使飞船座舱瞬间汽化了，他没有一点痛苦，我向您保证，没有一点痛苦。"将军说。

当地球又向太阳跌回去的时候，我和加代子又到地面上来看春天，但没有看到。

世界仍是一片灰色，阴暗的天空下，大地上分布着由残留海水形成的一个个冰冻湖泊，见不到一点绿色。大气中的撞击尘挡住了阳光，使气温难以回升。甚至在近日点，海洋和大地都没有解冻，太阳呈一个朦胧的光晕，仿佛是撞击尘后面的一个幽灵。

三年以后，空中的撞击尘才有所消散，人类终于最后一次通过近日点，向远日点升去。在这个近日点，东半球的人有幸目睹了地球历史上最快的一次日出和日落。太阳从海平面上一跃而起，迅速划过长空，大地上万物的影子很快地变换着角度，仿佛是无数根钟表的秒针。这也是地球上最短的一个白天，只有不到一个小时。

当一小时后太阳跌入地平线、黑暗降临大地时，我感到一阵伤感。这转瞬即逝的一天，仿佛是对地球在太阳系四十五亿年进化史的一个短暂的总结。直到宇宙的末日，它不会再回来了。

"天黑了。"加代子忧伤地说。

"最长的一夜。"我说。东半球的这一夜将延续两千五百年，一百代人后，半人马座的曙光才能再次照亮这个大陆。西半球也将面临最长的白天，但比这里的黑夜要短得多。在那里，太阳将很快升到天顶，然后一直静止在那个位置上渐渐变小，在半世纪内，它就会融入星群难以分辨了。

按照预定的航线，地球升向与木星的会合点。航行委员会的计划是，地球第十五圈的公转轨道是如此之扁，以至于它的远日点到达木星轨道，地球将与木星在几乎相撞的距离上擦身而过，在木星巨大引力的拉动下，地球将最终达到逃逸速度。

离开近日点后两个月，就能用肉眼看到木星了，它开始只是一个模糊的光点，但很快显出圆盘的形状；又过了一个月，木星在地球上空已有满月大小了，呈暗红色，能隐约看到上面的条纹。这时，十五年来一直垂直的地球发动机光柱中有一些开始摆动，地球在做会合前最后的姿态调整。木星渐渐沉到了地平线下，以后的三个多月，木星一直处在地球的另一面，我们看不到它，但知道两颗行星正在交会之中。

有一天，我们突然被告知东半球也能看到木星了，于是人们纷纷从地下城中来到地面。当我走出城市的密封门来到地面时，发现开了十五年的地球发动机已经全部关闭了，我再次看到了星空，这表明同木星最后的交会正在进行。人们都在紧张地盯着西方的地平线，地平线上出现了一片暗红色的光，那光区渐渐扩大，伸延到整个地平线的宽度。我现在发现那暗红色的区域上方同漆黑的星空有一道整齐的边界，那边界呈弧形，那巨大的弧形从地平线的一端跨到了另一端，在缓缓升起，巨弧下的天空都变成了暗红色，仿佛一块同星空一样大小的暗红色幕布在把地球同整个宇宙隔开。当我回过神来时，不由倒吸一口冷气，那暗红色的幕布就是木星！我早就知道木星的体积是地球的一千三百倍，现在才真正感觉到它的巨大。这个宇宙巨怪在整个地平线上升起时产生的那种恐惧和压抑感是难以用语言描述的，一名记者后来写道："不知是我身处噩梦中，还是这整个宇宙都是一个造物主巨大而变态的头脑中的噩梦！"

木星恐怖地上升着，渐渐占据了半个天空。这时，我们可以清楚地看到它云层中的风暴，那风暴把云层搅动成让人迷茫的混乱线条，我知道那厚厚的云层下是沸腾的液氢和液氦的大洋。著名的大红斑出现了，这个在木星表面维持了几十万年的大旋涡大得可以吞下整个地球。这时木星已占满了整个天空，地球仿佛是浮在木星沸腾的暗红色云海上的一只气球！而木星的大红斑就处在天空正中，如一只红色的巨眼盯着我们的世界，大地笼罩在它那阴森的红光中……这时，谁都无法相信小小的地球能逃出这巨大怪物的引力场，从地面上看，地球甚至连成为木星的卫星都不可能，我们就要掉进那无边云海覆盖着的地狱中去了！但领航工程师们的计算是精确的，暗红色的迷乱的天空在缓缓移动着，不知过了多长时间，西方的天边露出了黑色的一角，那黑色迅速扩大，其中有星星在闪烁，地球正在冲出木星的引力魔掌。这时警报尖叫起来，木星产生的引力潮汐正在向内陆推进，后来得知，这次大潮百多米高的巨浪再次横扫了整个大陆。在跑进地下城的密封门时，我最后看了一眼仍占据半个天空的木星，发现木星的云海中有一道明显的划痕，后来知道，那是地球引力作用在木星表面的痕迹，我们的星球也在木星表面拉起了如山的液氢和液氦的巨浪。这时，木星巨大的引力正在把地球加速甩向外太空。

离开木星时，地球已达到了逃逸速度，它不再需要返回潜藏着死亡的太阳，向广漠的外太空飞去，漫长的流浪时代开始了。

就在木星暗红色的阴影下，我的儿子在地层深处出生了。

叛　乱

离开木星后，亚洲大陆上一万多台地球发动机再次全功率开动，这一次它们要不停地运行五百年，不停地加速地球。这五百年中，发动机将把亚洲大陆上一半的山脉用作燃料消耗掉。

从四个多世纪死亡的恐惧中解脱出来，人们长出了一口气。但预料中的狂欢并没有出现，接下来发生的事情出乎所有人的想象。

在地下城的庆祝集会结束后，我一个人穿上密封服来到地面。童年时熟悉的群山已被超级挖掘机夷为平地，大地上只有裸露的岩石和坚硬的冻土，冻土上到处有白色的斑块，那是大海潮留下的盐渍。面前那座爷爷和爸爸度过了一生的曾有千万人口的大城市现在已是一片废墟，高楼钢筋外露的残骸在地球发动机光柱的蓝光中拖着长长的影子，好像是史前巨兽的化石……一次次的洪水和小行星的撞击已摧毁了地面上的一切,各大陆上的城市和植被都荡然无存,地球表面已变成火星一样的荒漠。

这一段时间,加代子心神不定。她常常扔下孩子不管,一个人开着飞行汽车出去旅行,回来后,只是说她去了西半球。最后,她拉我一起去了。

我们的飞行汽车以四倍音速飞行了两个小时,终于能够看到太阳了,它刚刚升出太平洋,这时看上去只有棒球大小,给冰封的洋面投下一片微弱的、冷冷的光芒。

加代子把飞行汽车悬停在五千米的空中,然后从后面拿出了一个长长的东西,去掉封套后,我看到那是一架天文望远镜,业余爱好者用的那种。加代子打开车窗,把望远镜对准太阳让我看。

从有色镜片中我看到了放大几百倍的太阳,我甚至清楚地看到太阳表面缓缓移动的明暗斑点,还有太阳边缘隐隐约约的日珥。

加代子把望远镜同车内的计算机联起来,把一个太阳影像采集下来。然后,她又调出了另一个太阳图像,说:"这个是四个世纪前的太阳图像。"接着,计算机对两个图像进行比较。

"看到了吗?"加代子指着屏幕说,"它们的光度、像素排列、像素概率、层次统计等参数都完全一样!"

我摇摇头说:"这能说明什么?一架玩具望远镜,一个低级图像处理程序,加上你这个无知的外行……别自寻烦恼了，别信那些谣言！"

"你是个白痴。"她说着，收回望远镜，把飞行汽车往回开去。这时，在我们的上方和下方，我又远远地看到了几辆飞行汽车，同我们刚才一样悬在空中，从每辆车的车窗中都伸出一架望远镜对着太阳。

以后的几个月中，一个可怕的说法像野火一样在全世界蔓延。越来越多的人自发地用更大型更精密的仪器观测太阳。后来，一个民间组织向太阳发射了一组探测器，它们在三个月后穿过日球。探测器发回的数据最后证实了那个事实。

同四个世纪前相比，太阳没有任何变化。

现在，各大陆的地下城已成了一座座骚动的火山，局势一触即发。一天，按照联合政府的法令，我和加代子把儿子送进了养育中心。回家的路上我俩都感到维系我们关系的唯一纽带已不存在了。走到市中心广场，我们看到有人在演讲，另一些人在演讲者周围向市民分发武器。

"公民们！地球被出卖了！人类被出卖了！文明被出卖了！我们都是一个超级骗局的牺牲品！这个骗局之巨大之可怕，上帝都会为之休克！太阳还是原来的太阳，它不会爆发，过去、现在、将来都不会，它是永恒的象征！爆发的是联合政府中那些人阴险的野心！他们编造了这一切，只是为了建立他们的独裁帝国！他们毁了地球！他们毁了人类文明！公民们，有良知的公民们！拿起武器，拯救我们的星球！拯救人类文明！我们要推翻联合政府，控制地球发动机，把我们的星球从这寒冷的外太空开回原来的轨道！开回到我们的太阳温暖的怀抱中！"

加代子默默地走上前去，从分发武器的人手中接过了一支冲锋枪，加入那些拿到武器的市民的队列中，她没有回头，同那支庞大的队列一起消失在地下城的迷雾里。我呆呆地站在那儿，手在衣袋中紧紧攥着父亲用生命和忠诚换来的那枚勋章，它的边角把我的手扎出了血……

三天后，叛乱在各个大陆同时爆发了。

叛军所到之处，人民群起响应，直到现在，还很少有人怀疑自己受骗了。但我加入了联合政府的军队，这并非由于对他们的坚信，而是我三代前辈都有过军旅生涯，他们在我心中种下了忠诚的种子，不论在什么情况下，背叛联合政府对我来说是一件不可想象的事。

美洲、非洲、大洋洲和南极洲相继沦陷，联合政府收缩防线死守地球发动机所在的东亚和中亚。叛军很快对这里构成包围态势，他们对政府军占有压倒优势，之所以在相当长一段时间里攻势没有取得进展，完全是由于地球发动机。叛军不想毁掉地球发动机，所以在这一广阔的战区没有使用重武器，使得联合政府得以苟延残喘。这样双方相持了三个月，联合政府的十二个集团军相继临阵倒戈，中亚和东亚防线全线崩溃。两个月后，大势已去的联合政府连同不到十万军队在靠近海岸的地球发动机控制中心陷入重围。

我就是这残存军队中的一名少校。控制中心有一座中等城市大小,它的中心是地球驾驶室。我拖着一条被激光束烧焦的手臂,躺在控制中心的伤兵收容站里。就是在这儿,我得知加代子已在澳洲战役中阵亡。我和收容站里所有的人一样,整天喝得烂醉,对外面的战事全然不知,也不感兴趣。不知过了多久,听到有人在高声说话。

"知道你们为什么这样吗?你们在自责,在这场战争中,你们站到了反人类的一边,我也一样。"

我转头一看,发现讲话的人肩上有一颗将星,他接着说:"没关系的,我们还有最后的机会拯救自己的灵魂。地球驾驶室距我们这儿只有三个街区,我们去占领它,把它交给外面理智的人类!我们为联合政府已尽到了责任,现在该为人类尽责任了!"

我用那只没受伤的手抽出手枪,随着这群突然狂热起来的受伤和没受伤的人,沿着钢铁的通道,向地球驾驶室冲去。出乎预料,一路上我们几乎没遇到抵抗,倒是有越来越多的人从错综复杂的钢铁通道的各个分支中加入我们。最后,我们来到了一扇巨大的门前,那钢铁大门高得望不到顶。它轰隆隆地打开了,我们冲进了地球驾驶室。

尽管以前无数次在电视中看到过,所有的人还是被驾驶室的宏伟震惊了。从视觉上看不出这里的大小,因为驾驶室淹没在一幅巨型全息图中,那是一幅太阳系的模拟图。

整个图像实际就是一个向所有方向无限伸延的黑色空间，我们一进来，就悬浮在这空间之中。由于尽量反映真实的比例，太阳和行星都很小很小，小得像远方的萤火虫，但能分辨出来。以那遥远的代表太阳的光点为中心，一条醒目的红色螺旋线扩展开来，像广阔的黑色洋面上迅速扩散的红色波圈。这是地球的航线。在螺旋线最外面的一点上，航线变成明亮的绿色，那是地球还没有完成的路程。那条绿线从我们的头顶掠过，顺着看去，我们看到了灿烂的星海，绿线消失在星海的深处，我们看不到它的尽头。在这广漠的黑色的空间中，还飘浮着许多闪亮的灰尘，其中几个尘粒飘近，我发现那是一块块虚拟屏幕，上面翻滚着复杂的数字和曲线。

我看到了全人类瞩目的地球驾驶台，它好像是飘浮在黑色空间中的一个银白色的小行星，看到它，我更难以把握这里的巨大——驾驶台本身就是一个广场，现在上面密密麻麻地站着五千多人，包括联合政府的主要成员、负责实施地球航行计划的星际移民委员会的大部分成员和那些最后忠于政府的人。这时我听到最高执政官的声音在整个黑色空间响了起来："我们本来可以战斗到底的，但这可能导致地球发动机失控，这种情况一旦发生，过量聚变的物质将烧穿地球，或蒸发全部海洋，所以我们决定投降。我们理解所有的人，因为在已经进行了四十代人，还要延续一百代人的艰难奋斗中，永远保持理智确实是一个奢求。

但也请所有的人记住我们，站在这里的这五千多人，这里有联合政府的最高执政官，也有普通的列兵，是我们把信念坚持到了最后。我们都知道自己看不到真理被证实的那一天，但如果人类得以延续万代，以后所有的人将在我们的墓前洒下自己的眼泪，这颗叫地球的行星，就是我们永恒的纪念碑！"

控制中心巨大的密封门隆隆开启，那五千多名最后的地球派一群群走了出来，在叛军的押送下向海岸走去。一路上两边挤满了人，所有人都冲他们吐唾沫，用冰块和石块砸他们。他们中有人密封服的面罩被砸裂了，外面零下一百多摄氏度的严寒使那些人的脸麻木了，但他们仍努力地走下去。我看到一个小女孩，举起一大块冰用尽全身力气狠命地向一个老者砸去，她那双眼睛透过面罩射出疯狂的怒火。

当我听到这五千人全部被判处死刑时，觉得太宽容了。难道仅仅一死吗？这一死就能偿清他们的罪恶吗？能偿清他们用一个离奇变态的想象和骗局毁掉地球、毁掉人类文明的罪恶吗？他们应该死一万次！这时，我想起了那些做出太阳爆发预测的天体物理学家，那些设计和建造地球发动机的工程师，他们在一个世纪前就已作古，我现在真想把他们从坟墓中挖出来，让他们也死一万次。

真感谢死刑的执行者们，他们为这些罪犯找了一种好的死法：他们收走了被判死刑的每个人密封服上加热用的核能电池，然后把他们丢在大海的冰面上，让零下百摄氏度的严寒慢慢夺去他们的生命。

这些人类文明史上最险恶最可耻的罪犯在冰海上站成了黑压压的一片，在岸上有十几万人在看着他们，十几万副牙齿咬得嘣嘣响，十几万双眼睛喷出和那个小女孩一样的怒火。

这时，所有的地球发动机都已关闭，壮丽的群星出现在冰原之上。

我能想象出严寒像无数把尖刀刺进他们的身体，他们的血液在凝固，生命从他们的体内一点点流走，这想象中的感觉变成一种快感，传遍我的全身。看到那些人在严寒的折磨中慢慢死去，岸上的人们快活起来，他们一起唱起了《我的太阳》。

我唱着，眼睛看着星空的一个方向，在那个方向上，有一颗稍大些刚刚显出圆盘形状的星星发出黄色的光芒，那就是太阳。

啊，我的太阳，生命之母，万物之父，我的大神，我的上帝！还有什么比您更稳定，还有什么比您更永恒？我们这些渺小的，连灰尘都不如的碳基细菌，拥挤在围着您转的一粒小石头上，竟敢预言您的末日，我们怎么能蠢到这个程度！

一个小时过去了，海面上那些反人类的罪犯虽然还全都站着，但已没有一个活人，他们的血液已被冻结了。

我的眼睛突然什么都看不见了，几秒钟后，视力渐渐恢复，冰原、海岸和岸上的人群又在眼前慢慢显影，最后完全清晰了，而且比刚才更清晰，因为这个世界现在笼罩在一片强烈的白光中，刚才我眼睛的失明正是由于这突然出现的强光的刺激。

但星空没有重现，所有的星光都被这强光所淹没，仿佛整个宇宙都被强光溶化了，这强光从太空中的一点迸发出来，那一点现在成了宇宙中心，那一点就在我刚才盯着的方向。

太阳氦闪爆发了。

《我的太阳》的合唱戛然而止，岸上的十几万人呆住了，似乎同海面上那些人一样，冻成了一片僵硬的岩石。

太阳最后一次把它的光和热洒向地球。地面上的冰结的二氧化碳干冰首先融化，腾起了一阵白色的蒸汽；然后海冰表面也开始融化，受热不均的大海冰层发出惊天动地的巨响；渐渐地，照在地面上的光柔和起来，天空出现了微微的蓝色；后来，强烈的太阳风产生的极光在空中出现，苍穹中飘动着巨大的彩色光幕……

在这突然出现的灿烂阳光下，海面上最后的地球派们仍稳稳地站着，仿佛五千多尊雕像。

太阳爆发只持续了很短的时间，两个小时后强光开始急剧减弱，很快熄灭了。

在太阳的位置上出现了一个暗红色球体，它的体积慢慢膨胀，最后从这里看它，已达到了在地球轨道上看到的太阳大小，然而它的实际体积已大到越出火星轨道，而水星、火星和金星这三颗地球的伙伴行星这时已在上亿摄氏度的辐射中化为一缕轻烟。

但它已不是太阳，它不再发出光和热，看上去如同贴在太空中的一张冰冷的红纸，它那暗红色的光芒似乎是周围星光的散射。这就是小质量恒星演化的归宿：红巨星。

五十亿年的壮丽生涯已成为飘逝的梦幻，太阳死了。

幸运的是，还有人活着。

流浪时代

当我回忆这一切时，半个世纪已过去了。二十年前，地球航出了冥王星轨道，航出了太阳系，在寒冷广漠的外太空继续着它孤独的航程。

最近一次去地面是十几年前的事了，那是儿子和儿媳陪我去的，儿媳是一个金发碧眼的姑娘，就要做母亲了。

到地面后，我首先注意到，虽然所有地球发动机仍全功率地运行，巨大的光柱却看不到了，这是因为地球大气已消失，等离子体的光芒没有散射。我看到地面上布满了奇怪的黄绿相间的半透明晶体块,这是固体氧氮,是已冻结的空气。

有趣的是空气并没有均匀地冻结在地球表面,而是形成了小山丘似的不规则的隆起,在原来平滑的大海冰原上,这些半透明的小山形成了奇特的景观。银河系的星河纹丝不动地横过天穹,也像被冻结了,但星光很亮,看久了还刺眼呢。

地球发动机将不间断地开动五百年,到时地球将加速至光速的千分之五,然后地球将以这个速度滑行一千三百年,之后地球就走完了三分之二的航程,它将掉转发动机的方向,开始长达五百年的减速。地球在航行两千四百年后到达比邻星,再过一百年时间,它将泊入这颗恒星的轨道,成为它的一颗卫星。

> 我知道已被忘却
> 流浪的航程太长太长
> 但那一时刻要叫我一声啊
> 当东方再次出现霞光

> 我知道已被忘却
> 启航的时代太远太远
> 但那一时刻要叫我一声啊
> 当人类又看到了蓝天

> 我知道已被忘却
> 太阳系的往事太久太久
> 但那一时刻要叫我一声啊
> 当鲜花重新挂上枝头
> ……

每当听到这首歌,一股暖流就涌进我这年迈僵硬的身躯,我干涸的老眼又湿润了。我好像看到半人马座三颗金色的太阳在地平线上依次升起,万物沐浴在它温暖的光芒中。固态的空气融化了,变成了碧蓝的天。两千多年前的种子从解冻的土层中复苏,大地绿了。我看到我的第一百代孙子孙女们在绿色的草原上欢笑,草原上有清澈的小溪,溪中有银色的小鱼……我看到了加代子,她从绿色的大地上向我跑来,年轻美丽,像个天使……

啊,地球,我的流浪地球……

超新星纪元

这时,地球是天上的一颗星。

这时,北京是地上的一座城。

在这座已是一片灯海的城市里,有一所小学校,在校园里的一间教室中,一个毕业班正在开毕业晚会,像每一个这种场合必不可少的,孩子们开始畅谈自己的理想,未来像美丽的花朵一样在他们眼前绽开。

班主任郑晨是一名年轻的女教师,她问旁边的一个女孩儿:"晓梦,你呢?你长大想干什么?"那女孩儿一直静静地看着窗外想心事,她穿着朴素,眼睛大而有神,透出一种与年龄不相称的忧郁和成熟。

"家里困难,我将来只能读职业中学了。"她轻轻叹了一口气说。

"那华华呢？"郑晨又问一个很帅的男孩儿，他的一双大眼睛总是不停地放出惊喜的光芒，仿佛世界在他的眼中，每时每刻都是一团刚刚爆发的五彩缤纷的焰火。

"未来太有意思了，我一时还想不出来，不管干什么，我都要成为最棒的！"

"其实说这些都没什么意思，"一个瘦弱的男孩儿说，他叫严井，因为戴着一副度数很高的近视镜，大家都管他叫眼镜，"谁都不知道将来会发生什么，未来是不可预测的，什么事情都可能发生。"

华华说："用科学的方法就可以预测，有未来学家的。"

眼镜摇摇头："正是科学告诉我们未来不可预测，那些未来学家以前做出的预测没有多少是准的，因为世界是一个混沌系统，混沌系统，三点水的沌，不是吃的馄饨。"

"这你好像跟我说过，这儿蝴蝶拍一下翅膀，在地球那边就有一场风暴。"

眼镜点点头："是的，混沌系统。"

华华说："我的理想就是成为那只蝴蝶。"

眼镜又摇摇头："你根本没明白，我们每个人都是蝴蝶，每只蝴蝶都是蝴蝶，每粒沙子和每滴雨水都是蝴蝶，所以世界才不可预测。"

"同学们，"班主任站起身来说，"我们最后看看自己的校园吧！"

于是，孩子们走出了教室，同他们的班主任老师一起漫步在校园中。这里的灯大都灭着，大都市的灯光从四周远远地照进来，使校园的一切显得宁静而朦胧。孩子们走过了两幢教学楼，走过了办公楼，走过了图书馆，最后穿过那排梧桐树，来到操场上。这四十三个孩子站在操场的中央，围着他们年轻的老师，郑晨张开双臂，对着在城市的灯光中暗淡了许多的星空说："孩子们，童年结束了。"

这似乎只是一个很小的故事，四十三个孩子，将离开这个宁静的小学校园，各自继续他们刚刚开始的人生旅程。

这似乎是一个极普通的夜，在这个夜里，时间一如既往平静地流动着，"不可能两次进入同一条河流"不过是古希腊人的梦呓，在人们心中，时间的河一直是同一条，以永恒的节奏流个没完。所以，即使在这个夜里，这个叫地球行星上的名字叫人的碳基生物，在时间长河永恒感的慰藉下，仍能编织着已延续了无数代人的平静的梦。

这里有一个普通的小学校园，校园的操场上有四十三个十三岁的孩子，同他们年轻的班主任一起仰望着星空。

苍穹上，冬夜的星座——金牛座、猎户座和大犬座已沉到西方地平线下；夏季的星座——天琴座、武仙座和天秤座早已出现，一颗颗星如一只只遥远处的眸子，从宇宙无边的夜海深处一眨一眨地看着人类世界，只是在今夜，这来自宇宙的目光有些异样。

这时，人类所知道的历史已走到了尽头。

死　星

　　在我们周围十光年的太空里，有大团的宇宙尘埃存在，这些尘埃像是飘浮在宇宙夜海中的乌云。正是这片星际尘埃，挡住了距地球八光年的一颗恒星，那颗恒星的直径是太阳的二十三倍，质量是太阳的六十七倍。现在它已进入了漫长演化的最后阶段，离开主星序，步入自己的晚年期，我们把它称为死星。

　　如果它有记忆的话，也无法记住自己的童年。它诞生于五亿年前，它的母亲是另一片星云。经过剧变的童年和骚动的青年时代，核聚变的能量顶住了恒星外壳的坍缩，死星进入了漫长的中年期，它那童年时代以小时、分钟，甚至秒来计算的演化现在以亿年来计算了，银河系广漠的星海又多了一个平静的光点。

　　但如果飞近死星的表面，就会发现这种平静是虚假的。这颗巨星的表面是核火焰的大洋，炽热的火的巨浪发着红光咆哮撞击，把高能粒子像暴雨般地撒向太空；大得无法想象的能量从死星深深的中心涌上来，在广阔的火海上翻起一团团刺目的涌浪；火海之上，核能的台风在一刻不停地刮着，暗红色的等离子体在强磁场的扭曲下，形成一根根上千万千米高的龙卷柱，像伸向宇宙的红色海藻群……死星在人类看到的星空中应该是很亮的，它的视星

等是 –7.5，如果不是它前方三光年处那片星际尘埃挡住它射向地球的光线的话，将有一颗比最亮的恒星——天狼星还亮五倍的星星照耀着人类历史，在没有月光的夜晚，那颗星星能在地上映出人影。那梦幻般的蓝色星光，一定会使人类更加多愁善感。

死星平静地燃烧了四亿六千万年，它的生命壮丽辉煌，但冷酷的能量守恒定律使它的内部不可避免地发生了一些变化：随着氯的沉积，它那曾是能量源泉的心脏渐渐变暗，死星老了。又经过一系列复杂的变化，死星中心的核聚变已无法支撑沉重的外壳，曾使死星诞生的万有引力现在干起了相反的事，死星在引力之下坍缩成了一个致密的小球，组成它的原子在不可思议的压强下被压碎，首先坍塌的是核心，随后失去支撑的外壳也塌了下来，猛烈地撞击致密的核心，在瞬间最后一次点燃了核聚变。五亿年引力和火焰的史诗结束了，一道雪亮的闪电撕裂了宇宙，死星化作亿万块碎片和尘埃。强大的能量化为电磁辐射和高能粒子的洪流，以光速涌向宇宙的各个方向。在死星爆发三年后，能量的巨浪轻而易举地推开了那片星际尘埃，向太阳扑来。

死星的强光越过了人马座三星后，又在冷寂而广漠的外太空走了四年，终于到达了太阳系的外围（这时，那个小学班级的毕业晚会刚刚开始）。

死星的强光越过了冥王星，在它那固态氮的蓝色晶体大地上激起一片蒸气；很快，强光又越过了天王星和海王星,使它们的星环变得晶莹透明;越过了土星和木星,高能粒子的狂风在它们的液体表面掀起一阵磷光;死星的能量到达月球,哥白尼环形山和雨海平原发出一片刺目的白光。又过了一秒钟,在太空中行走了八年的死星的能量到达地球。

夜空骄阳

是中午了!

这是孩子们视力恢复后的第一个感觉,刚才的强光出现得太突然,仿佛有谁突然打开了宇宙中一盏大电灯的开关,使他们暂时失明了。

这时是 22 点 18 分,但孩子们确实站在正午的晴空之下!抬头看看这万里碧空,他们倒吸了一口冷气。这绝不是人们过去看到的那种蓝天,这天空蓝得惊人,蓝得发黑,如同超还原的彩色胶卷记录的色彩;而且这天空似乎纯净到了极点,仿佛是过去那略带灰白的天空被剥了一层皮,这天空的纯蓝像皮下的鲜肉一样,似乎马上就要流出血来。城市被阳光照得一片雪亮,看看那个太阳,孩子们失声惊叫起来。

那不是人类的太阳！

那个夜空中突然出现的太阳的强光使孩子们无法正视，他们从指缝中瞄了几眼，发现那个太阳不是圆的，它没有形状，事实上它的实体在地球上看去和星星一样是一个光点，白色的强光从宇宙中的一个点迸发出来，但由于它发出的光极强（视星等为 -51.23，几乎是太阳的两倍），所以看上去并不小。它发出的光芒经大气的散射，好像是西天悬着的一个巨大而刺目的毒蜘蛛。

操场上的孩子们还没回过神来，空中就出现了闪电，这是死星的射线电离大气造成的。长长的紫色电弧在纯蓝的天空中出现，越来越密，雷声震耳欲聋。

"快！回教室去！"郑老师喊，孩子们纷纷向教学楼跑去，每个人都捂着耳朵，阵阵雷声在他们头顶炸响，仿佛整个世界都在分崩离析。跑进教室后，孩子们都瑟瑟发抖地在老师的周围挤成一团。死星的光芒从一侧窗户中透射进来，在地板上投下明亮的方形；另一侧窗户则透进闪电的光，那蓝紫色的电光在教室的这一半急骤地闪动。空气中开始充满了静电，人们衣服上的金属小件，都噼噼啪啪地闪起了小火花；皮肤上的汗毛都竖了起来，使人觉得浑身痒痒；周围的物体都像长了刺似的扎手。

死星在宇宙中照耀了一小时二十五分钟后，突然消失了。现在，只有巨大的射电望远镜阵列才能探测到死星的遗体——一颗飞速旋转的中子星，它发出具有精确时间间隔的电磁脉冲。

孩子们把脸贴在教室的玻璃窗上,从头至尾目睹了这没有日落的日落,这最怪异的黄昏。他们看到,天空的蓝色渐渐变深,很快成了夜幕降临时的蓝黑色,死星的光芒在收敛,在它的周围形成了一片暮曙光,这暮曙光最初占据了半个天空,很快缩小至围着死星的一圈,色彩由蓝紫色过渡到白色,这时天空的大部分已黑了下来,零星的星星开始出现。死星周围的光晕继续缩小,最后完全消失。死星这时已由一个光芒四射的光源变成了一个亮点,当星空完全重现时,它仍是最亮的一颗星,然后它的亮度继续减小,成了银河系中一颗普通的星星,五分钟后,死星完全消失在宇宙深渊中。

看到闪电停了,孩子们跑出教室,他们发现自己置身于一个荧光世界中,在黑色的夜空下,外面的一切——树木、房屋、地面全都发出蓝绿色的荧光,仿佛大地和它上面的一切都变成了半透明的玉石,而大地的深处有一个月亮似的光源照上来,把其光亮浸透于玉石之中。夜空中悬浮着发着绿光的云朵,被死星惊动的鸟群像一群发着绿光的精灵从空中飞快掠过。最让孩子们震惊的是,他们自己也发出荧光,从黑暗中看去如负片上的图像,像一群幽灵。

"我说过嘛,什么事情都会发生的……"眼镜喃喃地说。

这时,教室里的灯亮了,周围城市的灯光也相继亮了起来,孩子们才意识到刚才停电了。随着灯光的出现,那无处不在的荧光消失了，孩子们原以为世界恢复了原状，但他们很快发现让人震惊的事情还没有完。

在东北方向的天边有一片红光，过了一会儿，那个方向的天空中升起发着暗红色光的云层，像刚刚出现的朝霞。

"这次是真的天亮了！"

"胡说，还不到12点呢！"

那红云浩浩荡荡地飘过来，很快覆盖了半个夜空，这时孩子们才发现，那云本身就发光。当红云的前缘飘至中天时，他们看到那里由一条条巨大的光带组成的，像是从太空中垂下的无数条红色的帷幔，在缓缓地扭动变幻。

"是北极光呀！"有孩子喊。

由死星的辐射产生的极光很快布满了整个天空，在以后的两天，东半球的夜空都涌动着红色的光幔。

在死星出现的那个位置，浮现出一小片发光的星云！这是超新星爆发后留下的尘埃，死星残骸发出的高能电脉冲激发了它，使其在可见光波长发出同步加速辐射，人类才能看到它。星云现在还很小，初看上去只像一颗昏暗的星星，仔细看才能看出形状，但它在缓慢地长大，按照它的形状，人们称它为玫瑰星云。

从此，玫瑰星云将照耀着人类历史，直至这个继恐龙之后统治地球的物种毁灭或永生。

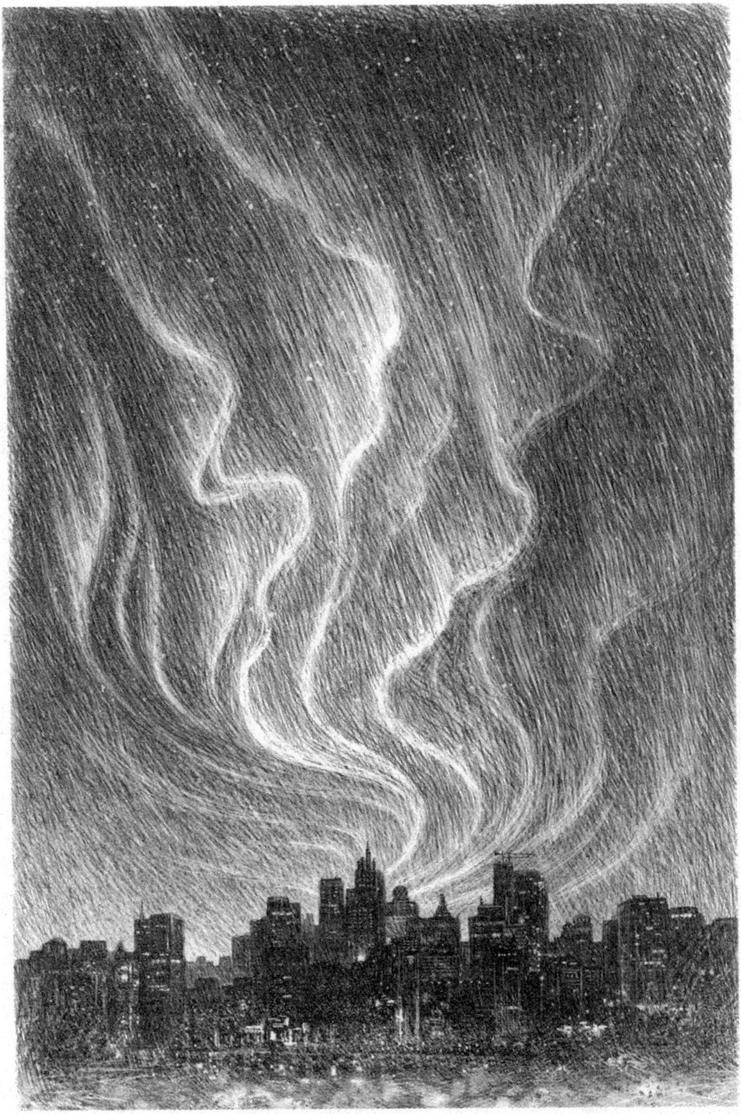

当红云的前缘飘至中天时,他们看到那里由一条条巨大的光带组成的,像是从太空中垂下的无数条红色的帷幔,在缓缓地扭动变幻。

山谷世界

死星的出现对人类世界来说无疑是一件大事。从天文学的角度来讲，说这次超新星爆发近在眼前已不准确，应该是近在睫毛上。但到了第二天，普通人已经重新埋头于自己平淡的生活了，人们对超新星的兴趣，仅限于玫瑰星云又长到了多大、形状又发生了什么变化，不过这种关注已是休闲性质的了。

超新星爆发后的第三天，郑晨接到了校长的一个紧急通知，让她集合已放假的毕业班。郑晨很奇怪，这个班已正式毕业，按说已与她的学校没有什么关系了。当这个班的四十三个孩子又在他们的母校集合后，发现操场上有一辆大轿车在等着他们，车上下来三个人，其中那个负责的中年人叫张林，校长介绍说他们来自中央非常委员会。

"非常委员会？"这个名称让郑晨很困惑。

"是一个刚成立的机构。"张林简单地说，"您这个班的孩子要有一段时间不能回家，我们负责通知他们的家长，您对这个班比较熟悉，和他们一起去吧。不用拿什么东西了，现在就走。"

"这么急？"郑晨吃惊地问。

"时间紧。"张林简单地说。

载着四十三个孩子的大轿车出了城，一直向西开。张林坐在郑晨的旁边，一上车就仔细地看这个班的学生登记表，看完后两眼直视着车的前方，沉默不语。另外两个年轻人也是一样，看着他们那凝重的神色，郑晨也不好问什么。这气氛也感染了孩子们，他们一路上很少说话。车过了颐和园继续向西开，一直开到西山，又在丛林间的僻静的山间公路上开了一会儿，来到一个山谷里，山谷两边的山坡很平缓，到深秋的时候这里可能会有很多红叶，但是现在还是一片绿色。谷底有一条小河，挽起裤脚就能走过去。车停在公路旁的一块空地上，这里已经停着一大片与这辆车一模一样的大轿车，郑晨和她的学生们下了车，看到这里已聚集了许多孩子，可能有上千名，他们的年龄看上去与这个班孩子的年龄差不多。

一位负责人站在一块大石头上大声讲话："孩子们，现在我告诉你们此行的目的——我们要做一个大游戏！"

他显然不是一个常与孩子打交道的人，说话时一脸严肃，没有一点做游戏的样子，却在孩子们中引起了一阵兴奋的骚动。

"你们看，"他指指这个山谷，"这就是我们做游戏的场地。你们二十四个班，每个班将在这里分到一块地，面积有三到四平方千米，已经不小了。你们每个班将在这块土地上……听着，将在这块土地上建立一个小国家！"

他最后的这句话吸引了孩子们的注意力，上千双眼睛一动不动地聚焦在他身上。

"这个游戏为期十五天,这十五天时间,你们将自己生活在分配给你们的国土上!"

孩子们欢呼起来。

"安静安静!听我说,在这二十四块国土上,已经放置了必需的生活资料,如帐篷、行军床、燃料、食品和饮用水,但这些物资并不是平均分配的,比如有的国土上帐篷比较多,食品比较少,有的则相反。但有一点可以肯定,这些国土上总的生活物资的数量,是不够维持这么多天的生活的,你们将通过以下两个渠道获得生活物资。

"一、贸易。你们可以用自己多余的物资来换取自己短缺的物资,但即使这样,仍不可能使你们的小国家维持十五天,因为生活物资的总量是不够的,这就需要你们——

"二、进行生产。这将是你们的小国家中主要的活动和任务。生产是在你们的国土上开荒,在开好的地上播下种子并浇上水。你们当然不可能等到田地里长出粮食,但根据你们开垦的土地的数量和播种灌溉的质量,可从游戏指挥组这里换到相应数量的食品。这二十四个小国家是沿着这条小河分布的,它是你们的共同资源,你们将用小河的水灌溉开垦的土地。

"国家的领导人由你们自己选举,每个国家有三位最高领导人,权力相等,国家的最高决策由他们共同做出。国家的行政机构由你们自己设置,你们自己决定国家的一切,如建设规划、对外政策等,我们不会干涉,国家的公民可以自由流动，你觉得哪个国家好就可以去哪里。

"下面就到分配给你们的国土上去，首先给你们的国家起个名字，报到指挥组来，剩下都是你们自己的事了。我只想告诉你们，这场游戏的限制很少很少，孩子们，这些小国家的命运和未来掌握在你们手里，希望你们使自己的小国家繁荣壮大！"

这是孩子们见过的最棒的游戏了，他们一哄而散，纷纷奔向自己的国土。

在张林的带领下，郑晨的班级很快找到了他们的国土，在这个被白色栅栏围起来的区域里，河滩和山坡各占一半，在河滩和山坡的交接处整齐地堆放着帐篷和食品等各种物资。孩子们向前跑去，在那堆物资中翻腾起来，把张林和郑晨甩在后面。郑晨听到孩子们发出一阵惊呼声，然后围成一圈看着什么，她走过去分开孩子们向地上看去，一时像见了鬼。

在一块绿色的篷布上，整齐地摆放着一排冲锋枪。

郑晨对武器比较陌生，但她肯定这些不是玩具。她弯腰拿起其中的一支，有种沉甸甸的质感，还闻到了一股枪油味，那钢制的枪身现出冷森森的蓝色光泽。她看到旁边还有三个绿色的金属箱，一个孩子打开其中的一个，露出了里面装着的黄灿灿的子弹。

"叔叔，这是真枪吗？"一个孩子问刚走过来的张林。

"当然，这种微型冲锋枪是我军最新装备的制式武器，它体积小、重量轻,枪身可折叠,很适合孩子使用。"

"哇……"男孩子们兴奋地去拿枪,但郑晨厉声说:"别动!谁也不许碰这些东西!"然后转身质问张林,"这是怎么回事?"

张林淡淡地说:"作为一个国家,必需的物资中当然包括武器。"

"你刚才说,适合孩子们……使用?"

"呵,你不必担心,"张林笑笑说,弯腰从弹药箱中拿出一排子弹,"这种子弹是没有杀伤力的,它实际上是粘在一小片塑料两侧的两小团金属丝,分量很轻,射出后速度很快减慢,击中人体也不会造成伤害。但这两团金属丝充有很强的静电,击中目标时会产生几十万伏的放电,会把人击倒并使人失去知觉,但其电流强度很小,被击中的人会很快恢复意识,不会造成永久伤害。"

"被电击怎么能不造成伤害?"

"这种弹药最初是警用的,曾经过大量的动物和人体试验,西方警察早在 20 世纪 80 年代就装备过这种子弹,有过大量的使用案例,从没有造成伤亡。"

"如果打到眼睛上呢?"

"可以戴上护目镜。"

"如果被击中的人从高处摔下来呢?"

"我们特别选了比较平缓的地形……当然应该承认,绝对保证安全是很难的,但受伤的几率确实很小。"

"你们真的要把这些武器交给孩子们,并允许他们对别的孩子使用它?"

张林点点头。

郑晨的脸色变得苍白:"不能用玩具枪吗?"

张林摇摇头:"战争是国家历史中不可少的组成部分,我们必须尽可能制造一种真实的氛围,得出的结果才可靠。"

"结果?什么结果?"郑晨惊恐地盯着张林,像在看一个怪物,"你们到底要干什么?"

"郑老师,您冷静些,我们做得很节制了,据可靠情报,有一半国家让孩子们使用实弹。"

"一半国家?全世界都做这种游戏?"

郑晨用恍惚的眼神四下看了看,似乎在确定她是不是处在噩梦中,然后努力使自己平静下来,撩了一下额前的乱发说:"请送我和孩子们回去。"

"这不可能,这个地区已经戒严了,我对您说过这个工作极其重要……"

郑晨再次失去控制:"我不管这些,我不允许你们这样做,作为一名教师,我有自己的责任和良心!"

"我们也有良心,但同样有更大的责任,正是这两样东西迫使我们这样做的。"张林用很真诚的目光看着郑晨,"请相信我们。"

"送孩子们回去!"郑晨不顾一切地大喊。

"请相信我们。"

这不高的话音是从郑晨身后传来的,她觉得这声音很熟,但一时又想不起在哪儿听到过。看到面前的孩子们都在呆呆地看着她身后的方向,她转过身来,看到这里已站了许多人,当她看清这些人时,更觉得自己不是在现实中了,这反而使她再次平静下来。这些人中,她认出了后面几位在电视上常见到的国家高级领导人,但她最先认出的是站在最前面的两个人。

他们是国家主席和国务院总理。

"有在噩梦中的感觉,是吗?"主席神情祥和地问。

郑晨说不出话,只是点点头。

总理说:"这不奇怪,开始我们也有这种感觉,但很快就会适应的。"

主席的一句话使郑晨多少清醒过来:"你们的工作很重要,关系到国家和民族的命运,以后我们会对大家解释清楚这一切的,到那时,老师同志,你会为你以前和现在所做的工作感到自豪的。"

一行人开始向相邻的那片小国土走去,总理走了一步又停下来,转身对郑晨说:"年轻人,现在你要明白的只有一点,世界已不是原来的世界了。"

"同学们,给我们的小国家起个名字吧!"眼镜建议。

这时,太阳已从山脊落下,给山谷洒下了一层金辉。

"就叫太阳国吧!"华华说,看到大家一致赞同,他又说,"我们要画一面国旗。"

于是，孩子们从那堆物资中找到一块白布，华华从带来的书包中拿出一支粗记号笔，在上面画了一个圆圈，"这是太阳，谁有红色笔，把它涂上。"

"这不成了日本旗吗？"有孩子说。

晓梦拿过笔来，在太阳中画上了一双大大的眼睛和一张笑嘻嘻的嘴巴，又在太阳的周围画上了象征光芒的放射状线条，于是这面国旗也得到了孩子们的认同。在超新星纪元，这面稚拙的国旗被作为最珍贵的历史文物保存在国家历史博物馆。

"国歌呢？"

"就用少先队的队歌吧。"

当太阳完全升出来时，孩子们在他们小小的国土中央举行了升旗仪式。仪式结束后，张林问华华："为什么首先想到设计国旗和国歌呢？"

"国家总得有一个，嗯，象征吧，总得让同学们看到国家吧，这样大家才有凝聚力！"

张林在笔记本上记下了些什么。

"我们做得不对吗？"有孩子问。

张林说："我已经说过，你们自己决定这里的一切，照自己想的去做，我的任务只是观察，绝不干涉你们。"他又对旁边的郑晨说："郑老师，你也是这样。"

然后孩子们选举国家领导人，过程很顺利，华华、眼镜和晓梦当选。华华让吕刚组建军队，结果班里的二十五个男孩子全是军队成员,其中的二十个孩子领到了冲锋枪,吕刚安慰那五个没领到枪的怒气冲冲的男孩儿,答应这几天大家轮换着拿枪。晓梦则任命林莎为卫生部部长,让她管理生活物资中所有的药品,并给可能出现的病人看病。孩子们决定,其他的机构在国家的运行过程中根据需要建立。

然后孩子们开始在新国土上安家,他们清理空地,并在上面支起帐篷,当几个孩子钻进刚支起的第一顶帐篷时,它倒了下来,孩子们被盖到里面,费了好大劲才钻出来,但这也让他们很开心。到中午时,他们终于支起了几顶帐篷,并把行军床搬进去,基本安顿了下来。

在孩子们开始做午饭前,晓梦建议,应该把所有的食品和饮用水清点一下,对每天的消耗量做一个详细的计划。头两天的食品应尽量节省,因为开荒开始后,劳动强度更大,大家会吃得更多。还要考虑到开荒不顺利,不能从指挥组那里及时换到食品的情况。孩子们干了一上午活,胃口都出奇的好,现在又不让敞开吃,大家都很有意见,但晓梦还是晓之以理,用极大的耐心说服了大家。

张林在旁边默默地观察着这一切,又在本子上记了些什么。

饭后,孩子们走访了邻国,与他们进行了一些易货贸易,用多余的帐篷和工具换来了较短缺的食品,同时了解了自己的国家所处的位置:他们在小河这一侧,上游的邻国是银河共和国，下游邻国是巨人国，小河正对岸是伊妹儿国，它的上下游分别是毛毛虫国和蓝花国（分别以本国国土上的特色物产命名）。山谷中还有其他十八个小国家，但距这里有一段距离，孩子们不太感兴趣。

其后的一天一夜是山谷世界的黄金时代，孩子们对新生活充满了兴奋和热情。第二天，所有的小国家都开始在山坡上开荒，孩子们使用铁锹和锄头等简单工具，用塑料桶从小河中提水浇地。晚上，小河边燃起一堆堆篝火，山谷中回荡着孩子们的歌声和笑声，这时的山谷世界完全是一个童话中美丽的田园国度。

但童话世界很快消失了，灰色的现实又回到了山谷。

随着新鲜感消失，开荒劳动的强度开始显现出来，孩子们一天干下来累得筋疲力尽，回到帐篷里倒在行军床上不想起来，晚上山谷中一片寂静，再也没有歌声和笑声了。

小国家之间自然资源的差别也显现出来，虽然相距不远，但有的国土土质松厚，开垦容易，有的则全是乱石，费半天劲也开不出多少地来。太阳国的国土属于最贫瘠之列，不但山坡上的土质极差，最要命的是河滩太宽。指挥组有一个规定：较平整的河滩只能作为居住地，开荒必须在山坡上，在河滩里开出的地不被承认。有的国土山坡距小河较近，可以排成一个人链向山坡上传递水桶浇地，这是一个高效、省力的办法。但太阳国宽宽的沙滩拉大了小河与山坡的距离，排不成人链，只能单人一桶桶地向坡上提水，劳动强度增大了许多。

眼镜这时提出了一个设想：在小河中用大石块筑一道坝，河水可以从坝上漫过或从石块的缝隙中流走，但水位也相应抬高了；再在山坡下挖一个大坑，用一条小水渠把河水引到坑里。于是太阳国抽调了十名壮劳力干这个工程。工程一开始就遭到了下游巨人国和蓝花国的强烈抗议，虽然眼镜反复向他们解释，坝只是抬高了水位，河水仍从坝上流过，不会影响下游河段的流量和水位，但下游两国死活不答应。华华主张不管他们的抗议，工程照常进行。但晓梦经过仔细考虑后认为，应该搞好与邻国的关系，从长远考虑不能因小失大，同时小河是山谷世界的公共资源，与它有关的事情都很敏感，太阳国应该在山谷世界树立起自己良好的形象；眼镜则从实力方面考虑，虽然吕刚一再承诺一旦与下游两国爆发冲突，军队能保证国家的安全，但人家毕竟是两个国家，轻率挑起冲突是不理智的。于是，太阳国放弃了原工程计划，在不建坝的情况下挖了一条引水渠，这样水渠要比原设计挖得深一倍，引到山脚下坑里的水也比原来少得多，但还是使开荒效率提高了很多。

现在，太阳国似乎引起了指挥组的注意，派驻太阳国的观察员除张林外又增加了一个人。

第三天，各种纠纷和冲突在山谷世界急剧增多，大部分都是因自然资源的分配和易货贸易引起的，孩子们对冲突的调解是没有什么技巧和耐心的，山谷中开始出现枪声。

开始，这些冲突都局限在小范围内，还没有扩大到整个山谷世界。在太阳国这一带，局势相对平静，但下午由饮水引起的冲突彻底打破了这种平衡。

小河中的水浑浊不堪，不能饮用，而山谷世界中随生活物资配发的饮用水数量是一定的，但分配不均，有的小国家占有的饮水数量是其他小国家的几倍甚至十几倍，这种分配的差别远大于其他物资，显然是策划者有意设置的。开荒的成果只能换取粮食而不能换饮用水，所以在第二天以后，饮水问题成了一些小国家生存下去的关键，自然也成了冲突的焦点。在太阳国周围的五国中，银河共和国占有的饮用水量最大，是其他小国家的近十倍。它对面的毛毛虫国饮用水首先耗尽，那个小国家的孩子们干什么都无计划，挥霍无度，开始因懒得去河里取水，洗脸洗手都用饮用水，结果早早就陷入了困境。于是他们只好与河对岸的银河共和国谈判，想通过易货贸易来换取饮用水，但对方提出的要求让他们绝对无法接受：银河共和国要毛毛虫国用土地换水！

这天夜里，太阳国从对岸的伊妹儿国的一个孩子那里得知，毛毛虫国向他们借枪，一借就是十支，还借子弹，并声称如果不借就向他们开战。毛毛虫国的四十五个孩子中就有三十七个男孩子，自恃军力雄厚，而伊妹儿国正相反，三分之二是女孩儿，根本打不了仗，他们不想惹麻烦，加上毛毛虫国答应他们的优厚条件，就把枪和子弹借给他们了。第二天中午，毛毛虫国的国土上响起了枪声，那些男孩子们在学习射击。

在太阳国紧急召开的国务会议上，华华这样分析形势："毛毛虫国肯定要发起对银河共和国的战争，从军事实力上看，银河共和国肯定战败，被毛毛虫国吞并。毛毛虫国本来就有大片优良的山坡地，再拥有银河共和国的饮用水和武器，那就十分强大了，迟早要找我们的麻烦，应该及早准备才好。"

晓梦说："我们应该与伊妹儿国、巨人国和蓝花国结成联盟。"

华华说："既然这样，我们还不如趁战争爆发之前，把银河共和国也拉入联盟，这样毛毛虫国就不敢发动战争了。"

眼镜摇摇头说："世界战略格局的基本原理是势力均衡，你们违反了这个原理。"

"大博士，你能不能说明白些？"

"一个联盟，只有面对与自己实力相当的威胁时，才是稳定的，面对的威胁太大或太小，这个联盟都会解体。再说上游的国家都离我们较远，我们六国是相对独立的系统，如果银河共和国也加入联盟，毛毛虫国就找不到谁结盟，必然陷入绝对的劣势，对联盟构不成威胁，联盟也就不稳定。再说，银河共和国自恃有那么多饮用水，自高自大，会认为我们打它水的主意，也不会真心与我们结盟。"

大家都同意这个看法，晓梦问："那剩下的这三个国家愿意与我们结盟吗？"

华华说："伊妹儿国应该没有问题，他们已经感觉到了毛毛虫国的威胁；至于其他两个国家，由我去说服他们。结盟符合他们的利益，加上在前面的水坝纠纷中，我国给他们留下了很好的印象，我想问题不大的。"

当天下午，华华出访相邻三国，他发挥了卓越的辩才，很快说服了这些小国家的领导人，伊妹儿国自愿并入太阳国。他们在三国交界处的小河边开会，正式成立三国联盟。

这之后，派驻太阳国的观察员又增加了一个人。

指挥组设在山顶上的一个电视转播站里，从这儿可以俯视整个山谷世界。三国联盟成立的这天晚上，郑晨来到转播站的小院外。

现在，玫瑰星云在空中的可视面积已长到两个满月那样大，它在苍穹中发出庄严而神秘的蓝光，这光芒照到大地上后就变成月光那样的银色，有满月那样亮，照亮了山谷中的每一个细节。玫瑰星云的面积和亮度在今后的几十年时间里会一直增长。据天文学家预测，当它达到最大时，将占据天空五分之一的面积，地球的夜晚将如白天的阴天时那么亮，夜晚将消失。

郑晨将目光下移到星云光芒中的山谷。一天的劳累后，孩子们都睡了，下面只能看到零星的几点灯火。现在，郑晨已经使自己完全投入到这项惊异的工作当中，不再问这一切都是为什么。

这时，原来用作转播站职工宿舍的那间小屋的门开了，张林走了出来，来到郑晨身边，同她一起看着山谷，说："郑老师，目前在所有的小国家中，你的班级是运行得最成功的，那些孩子素质很高。"

"你怎么说他们是最成功的？据我所知，在山谷最西边有一个小国家，现在已吞并了周围五个小国，形成了一个国土面积和人口数都是原来五倍的国家，并且还在不停地扩张。"

"不，郑老师，这并不是我们所看重的，我们看重的是小国家自身建设的成就、自身的凝聚力、对自己所处的小世界的形势判断，以及由此所做出的长远决策等。"

山谷世界的游戏是可以自由退出的。这两天，几乎每个小国家都有孩子上山来到指挥组，说他们不玩了，越来越没意思了，干活太累，孩子们还用枪打架，太吓人了。负责人对他们说的都是同一句话："好的，孩子，回家去吧。"于是他们很快被送回了家。但唯独太阳国无一个孩子退出，这是最为指挥者们看重的一点。

这时，山谷响起了一阵枪声。

"是太阳国的位置！"郑晨失声惊叫。

张林看了看说："不，是在他们上游，毛毛虫国开始进攻银河共和国了。"

枪声变得密集起来，山谷中可以看到一片枪口喷出的火焰。

"你们真的打算任事情这么发展下去吗？我的精神已经承受不了了。"郑晨的声音有些发颤。

"整个人类的历史就是一部战争史，就是现在，人类世界还是战争不断，我们不是照样生活吗？"

"可他们是孩子！"

"很快就不是了。"

在这天下午，毛毛虫国答应了银河共和国的交换条件，同意用未开垦的土地中最好的一块来交换饮用水，但提出要举行一个土地交接仪式，双方各派出一支由二十个男孩儿组成的仪仗队，银河共和国答应了这个条件。当双方的国家领导人和仪仗队正在举行升降旗仪式时，埋伏在周围的十多名毛毛虫国的男孩儿突然向银河共和国的仪仗队射击，毛毛虫国的仪仗队也端枪扫射，银河共和国的那二十名男孩子在一片电火花中相继倒地。十分钟后当他们浑身麻木地醒来时，发现自己已成了毛毛虫国的战俘，自己的国土也全部落入敌手。

在这段时间里，毛毛虫国的军队冲过河进攻银河共和国，对方只剩下六名男孩儿和二十多个女孩儿，枪全随仪仗队落入敌手，连招架之力都没有了。

毛毛虫国吞并银河共和国后，果然立即对下游的三国联盟提出了领土要求，他们一时还不敢对三国发动军事进攻，只是打饮用水这张牌，因为下游三国的饮水即将耗尽。

这时，眼镜广博的知识再次发挥了作用，他想出了一个办法：给五个洗脸盆在底部钻许多小孔，分别装上石块摞起来，石块的直径由上往下依次减小，这样就做成了一个水过滤器。吕刚也提出一个净水方法：把野草和树叶捣成糊状，放入水中搅拌，让其沉淀后，水就被净化，他说这是在随父亲看部队的野外生存训练时学到的。他们把用这两种方法处理后的水送到指挥组去鉴定，结果达到了饮用标准。这之后三国联盟反而可以向毛毛虫国出口饮用水。

毛毛虫国开始准备进攻三国联盟，孩子们已无心去开荒，扩张领土已成了他们唯一的兴趣，也是未来食品的唯一来源，但他们很快发现这已经没有必要了。

从小河上游传来消息，山谷最西边的星云帝国已连续吞并了十三个国家，形成了一个超级大国，他们那人数达四百多的大军正沿山谷而下，声称要统一山谷世界。面对如此强大的敌人，毛毛虫国的领导人完全没了吞并银河共和国时的魄力，惊慌失措，不知如何是好，其结果是毛毛虫国乱作一团，最后作鸟兽散了。那些孩子一半到上游去投了星云帝国，其余则找指挥组退出游戏回家了。三国联盟中的巨人国和蓝花国也随之解体，大部分也都退出了游戏。这样，只剩下太阳国在山谷的一端面对强敌。

太阳国的全体公民决心战斗到底，保卫国家，孩子们对这十多天来他们洒下汗水的小小国土产生了感情，由此产生了让指挥组的大人们都惊叹的精神力量。

吕刚制定了一个作战方案：太阳国的孩子们把那片宽

阔河滩上的帐篷全部推倒，用各种杂物筑成了两道防线，分别位于这片河滩的东西两侧。河滩西侧首先迎敌的第一道防线上只布置了十个男孩儿。吕刚这样吩咐他们："你们打完一梭子子弹后，就喊'没有子弹了'，然后往回跑。"防线刚布置完毕，星云帝国的军队就沿山谷密密麻麻地拥了过来，很快布满了原来银河共和国和毛毛虫国的国土。有个男孩子在用扩音器喊："喂，太阳国的孩子们，山谷世界已经被星云帝国统一，你们这些小可怜还玩个什么劲啊，快投降吧！"

　　回答他们的只有沉默。于是，星云帝国开始进攻，太阳国第一道防线的孩子开始射击，进攻的帝国军队立刻卧倒，双方对射起来，太阳国防线的枪声渐渐稀下来，有一个孩子大喊："没子弹了！快跑啊！"于是防线上的所有孩子起身向后跑去。"他们没子弹了！冲啊！"帝国军队见状起身高呼着成群冲来，当他们冲到那片河滩开阔地的一半时，太阳国第二道防线的冲锋枪突然开火，帝国军队猝不及防，被打倒了一大片，后面的孩子见状往回跑，第一次进攻被击退了。

　　等到那些被带电子弹击中的孩子们都爬起来后，星云帝国马上组织了第二次进攻。太阳国这时子弹真的不多了，他们看着那十倍于己沿河边谨慎行进的大群帝国士兵，准备做最后的抵抗。这时，有孩子惊呼："天哪，他们还有直升机！"

真有一架直升机从山后飞来,在战场上空悬停,飞机上的扩音器中响起一个大人的声音:"孩子们!停止射击!游戏结束了!"

灾　变

天刚黑下来时,三架载着五十四个孩子的直升机向市内飞去,这些孩子大部分是郑晨班级的。

直升机依次降落在一幢灯火通明的建筑物前,这个建筑物外表是20世纪50年代建筑的朴素风格。山谷游戏指挥组的负责人和郑晨带领着这五十四个孩子进了大门,沿着一条长长的走廊向前走,走廊尽头有一扇有着闪光的、黄铜把手的、包着皮革的大门,孩子们走近时,门前两位哨兵轻轻把门打开,他们走进了一个宽阔的大厅。这是一个发生过很多大事的大厅,在那些高大的立柱间,仿佛游动着历史的幻影。

大厅中有三个人,他们是国家主席、国务院总理和军队的总参谋长,他们在这里好像已经有一段时间了,在低声地谈着什么,当大厅的门打开时,他们都转身看着孩子们。

带孩子们来的两位负责人走到主席和总理面前,简短地低声汇报了几句。

"孩子们好!"主席说,"这是我最后一次把你们当孩子了,历史要求你们在这十分钟时间里,从十三岁长到三十岁。首先请总理为大家介绍情况吧。"

总理说:"大家都知道,六天前发生了一次近距离的超新星爆发,你们肯定已对其过程了解得很详细,我就不多说了,下面只说一件你们不知道的事情,超新星爆发后,世界各国的医学机构都在研究它对人类健康的影响。现在,我们已收到了来自各大洲的权威医学机构的信息,他们同国内医学机构得出的结论是相同的。超新星的高能射线完全破坏了人体细胞中的染色体,这种未知的射线穿透力极强,在室内甚至矿井中的人都不能幸免。但对一部分人来说,染色体受到的损伤是可以自行修复的,年龄为十三岁的人有百分之九十七可以修复,十二岁和十二岁以下的孩子可百分之百修复,其余的人的机体受到的损伤是不可逆转的,我们的生存时间,从现在算起,大约还有两到三天。超新星在可见光波段只亮了一个多小时,但其不可见的高能射线持续了两天,也就是天空中出现极光的那段时间,这期间地球自转了两圈,所以全世界都是一样的。"

总理的声音沉稳而冷峻,仿佛在说一件很平常的事情。孩子们的头脑一时还处于麻木之中,他们费力地思考着总理的话,好长时间都不明白,突然,几乎就在同时,他们都明白了。

几十年后，当超新星纪元的第二代人成长起来，他们对父辈听到那个消息时的感受很好奇，因为那是有史以来最让人震惊的消息。新一代的历史学家和文学家们也做了无数种生动的描述，但他们全错了，这时，在堪称国家心脏的这个大厅里，这五十四个孩子所感到的不是震惊而是陌生，仿佛一把无形的利刃凌空劈下，把过去和未来从这一点齐齐斩断，他们面对的是一个完全陌生的世界。这时，从那宽大的窗户可以看到刚刚升起的玫瑰星云，它把蓝色的光芒投到大厅的地板上，仿佛宇宙中凝视着他们的一只怪异的巨眼。

那两天时间里，大地和海洋笼罩在密密的射线暴雨里，高能粒子以巨大的能量穿过人类的躯体，穿过组成躯体的每个细胞。细胞中那微小的染色体，如一根根晶莹而脆弱的游丝在高能粒子的弹雨中颤抖挣扎，DNA双螺旋被撕开，碱基四下飞散。受伤的基因仍在继续工作，但经过几千万年进化的精确的生命之链已被扭曲击断，已变异的基因现在不是复制生命而是播撒死亡了。地球在旋转，全人类在经历一场死亡淋浴，在几十亿人的体内，死神的钟表上满了弦，滴答滴答地走了起来……

世界上十三岁以上的人将全部死去，地球，将成为一个只有孩子的世界。

紧接着又一个晴空霹雳，将使孩子们眼中这刚刚变得陌生的世界四分五裂，使他们悬浮于茫然的虚空之中。

郑晨首先醒悟过来:"总理,这些孩子,如果我没有猜错,是……"

总理点点头,平静地说:"你没有猜错。"

"这不可能!"年轻的小学教师惊叫起来。

国家领导人无言地看着她。

"他们是孩子,怎么可能……"

"那么,年轻人,你认为该怎么办呢?"总理问。

"……至少,应在全国范围内选拔的。"

"你认为这可能吗?我们,只有两三天的时间了……与成人不一样,孩子们并没有一个全国范围的由上至下的社会结构,所以不可能在短时间内在四亿孩子中找到最有能力和最适合承担这种责任的人。在这人类最危难的时刻,我们绝不能让整个国家处于没有大脑的状态,还能有别的选择吗?所以,我们与世界各国一样采取了这种非常特殊的选拔方式。"

年轻的教师几乎要昏倒了。

主席走到她面前说:"你的学生们未必同意你的看法。你只了解平时的他们,并不了解极限状态时的他们,在极端时刻,人,包括孩子,都有可能成为超人!"

主席转向这群对眼前的一切仍然处于茫然中的孩子,说:"是的,孩子们,你们将领导这个国家。"

认识国家

一支小小的车队向北京近郊驶去,来到一处僻静的周围有小山环绕的地方。车停了,主席和总理,还有三个孩子:华华、眼镜和晓梦下了车。

"孩子们,看。"主席指指前方,他们看到了一条铁路,只有单轨,上面停着长长的载货列车,那列车有首尾相接的许多列,太长了,成一个巨大的弧形从远方的小山脚下拐过去,看不到尽头。

"哇,这么长的火车!"华华喊道。

总理说:"这里共有十一列货车,每列车有二十节,共二百二十节车皮。"

主席说:"这是一条环形试验铁路,是一个大圆圈,刚出厂的机车就在这条铁路上进行性能试验。"他指指最近的那一列火车,"去看看那上面装的什么。"

三个孩子向列车跑去,华华顺着梯子爬上了一节车皮,然后眼镜和晓梦也爬了上去。他们站在装得满满一车皮的白色大塑料袋上,向前方看去,这一列车全部装着这种白色的袋子,在阳光下反射着耀眼的白光。他们蹲下来,眼镜用手指在一个袋子上捅了个小洞,看到里面是一些白色半透明的针状颗粒,华华夹起一粒来用舌头舔了一下。

"当心有毒!"眼镜说。

"我觉得好像是味精。"晓梦说，也夹起一粒舔了一下，"真的是味精。"

"你能尝出味精的味道？"华华怀疑地看着晓梦。

"确实是味精，你们看！"眼镜指着前面正面朝上的一排袋子，上面有醒目的大字，这种商标他们在电视广告上常见，但孩子们很难把电视上那个戴着高高白帽子的大师傅放进锅里的一点白粉末同眼前这白色的巨龙联系起来。他们在这白袋子上走到车皮的另一头，小心地跨过连接处，来到另一节车皮上，看看那满装的白色袋子，也是味精。他们又连着走过了三节车皮，上面都满载着大袋的味精，无疑，剩下的车皮装的也都是味精。对于看惯了汽车的孩子们来说，这一节火车车皮已经是十分巨大了，他们数了数，如刚才总理所说，整列货车共有二十节车皮，都满满地装着大袋味精。

"哇，太多了，全国的味精肯定都在这儿了！"

孩子们从梯子下到地面，看到主席和总理一行人正沿着铁道边的小路向他们走来，他们刚想跑过去问个究竟，却见到总理冲他们挥挥手，喊道："再看看前面那些火车上装的是什么！"

于是，三个孩子在小路上跑过了十多节车皮，跑过机车，来到与这辆火车间隔十几米的另一辆火车的车尾，爬到最后一节车皮的顶上。他们又看到了装满车皮的白色袋子，但不是刚才看到的塑料袋，而是编织袋，袋子上标明是食盐，这袋子很难弄破,但有少量粉末漏了出来,他们用手指沾些尝尝,确实是盐,前面又是一条白色的长龙,这列火车的二十节车厢上装的都是食盐。

孩子们下到铁路旁的小路上,又跑过了这列长长的火车,爬到第三列的车皮顶上看,同第二列相同,这列火车的二十节车厢上装的也全是食盐。他们又下来,跑去看第四列火车,还是满载着食盐。去看第五列火车时,晓梦说跑不动了,于是他们走着去,走过这二十节车皮花了不少时间,第五列火车上也全是食盐。

站在第五列火车车皮的顶上向前望,他们有些泄气了:列车的长龙还是望不到头,弯成一个大弧形消失在远处的一座小山后面。孩子们又走过了两列载满食盐的列车,第七列列车的头部已绕过了小山,站在车皮顶上终于可以看到这条列车长龙的尽头,他们数了数,前面还有四列火车!

三个孩子坐在车皮顶的盐袋上喘着气,眼镜说:"累死了,往回走吧,前面那几列肯定也都是盐!"

华华又站起来看了看:"哼,环球旅行,我们已经走过了这个环形铁路大圆圈的一半,从哪面回去距离都一样!"

于是,孩子们继续向前走,走过了一节又一节车皮,路途遥遥,真像环球旅行了。每个车皮他们不用爬上去就能知道里面装的是食盐,他们现在知道盐也有味,眼镜说那是海的味道。三个孩子终于走完了最后一列火车,走出了那长长的阴影,眼前豁然开朗。他们面前出现了一段空铁轨，铁轨的尽头就是那列停在环形铁路起点的满载味精的火车了，孩子们沿着空铁轨走去。

在环形铁路的起点上，主席和总理站在火车旁谈着什么，总理在说着，主席缓缓地点头，两人的脸色凝重严峻，显然已谈了很长时间，他们的身影与黑色的高大车体形成了一个凝重有力的构图，仿佛是一幅年代久远的油画。当他们看到远远走来的孩子们时，神情立刻开朗起来，主席冲孩子们挥挥手。

华华低声说："你们发现没有，他们在我们面前时和他们自己在一起时很不一样，在我们面前，好像天塌下来时也是乐观的；他们自己在一起时，那个严肃，让我觉得天真的要塌下来了。"

晓梦说："大人们都是这样，他们能够控制自己的情绪，华华，你就不行。"

"我怎么了？我让小朋友们看到真实的自己有什么不好？"

"控制自己并不是虚假！知道吗，你的情绪会影响周围的人，特别是孩子们，最易受影响，所以你以后要学着控制自己，这点你应该向眼镜学习。"

"他？哼，他脸上就比别人少一半神经，什么时候都那个表情。行了，晓梦，你比大人们教我的都多。"

"真的，你没有发现大人们教得很少吗？只有这一天时间，他们为什么不抓紧呢？"

走在前面的眼镜转过身来,那"少一半神经"的脸上还是那副漠然的表情:"这是人类历史上最难上的课,他们怕教错了!"

"孩子们辛苦了!今天下午你们可真走了不少的路,对看到的东西一定印象深刻吧?"主席对走到面前的孩子们说。

眼镜点点头说:"再普通的东西,数量大了就成了不普通的奇迹。"

华华附和道:"是的,真没想到世界上有这么多的味精和盐!"

主席和总理对视了一下,微微一笑,总理说:"我们的问题是,这么多的味精和盐够我们国家所有的公民吃多长时间?"

"起码一年吧。"眼镜不假思索地说。

总理摇摇头。

华华也摇头:"一年可吃不了,五年!"

总理又摇头。

"那是十年?"

总理说:"孩子们,这么多的味精和盐,只够全国公民吃一天!"

"一天?"三个孩子大眼瞪小眼地呆立了好一会儿,华华对总理不自然地笑笑:"这……开玩笑吧?"

主席说:"按每人一天吃一克味精和十克盐计算,这每节车皮的载重量是六十吨，这个国家有十二亿公民。一道很简单的算术题，你们自己算吧。"

三个孩子在脑子里吃力地数着那一长串零，终于知道这是真的。

"天哪！"华华说。

"天哪！"眼镜说。

"天哪！"晓梦说。

总理说："这两天，我们总是在试图找到一个办法，使你们对自己国家的规模有一个感觉，这很不容易。但要领导这样一个国家，没有这种感觉是不行的。"

"实在对不起，孩子们，时间有限，只能给你们上这唯一的一堂课了。"主席沉重地对三个孩子——几个小时之后将是世界上最大国家的最高领导人说。

交接世界

这是公元世纪的最后一夜。

国家领导集体和他们的孩子继任者们再次相聚在那个大厅中。在过去的一天里，孩子们上了一堂人类历史上最难的课：试图在这一天内掌握这世界上绝大多数人终其一生都不可能掌握的东西。

在古老的围墙外面，首都的灯海消失了，城市静静地躺在玫瑰星云的光辉下，与远方同样没有灯光的广阔大地融为一体。此时，全世界的发电厂都小心翼翼地停止了运转，谁也不知道它们多少年以后才能重新启动。但由小型发电机维持的最基本的通信系统仍在运转，收音机仍能收听到已换成童声的广播，世界突然变得广漠无边，但并没有崩溃。

在大厅里，两代国家领导人在做最后的告别。大人们的病情已很重，他们都发着高烧，步履艰难。每位大人领导人都把他们的孩子继任者拉到身边，做最后的叮嘱。有些大人领导者只是在急促地、不停地说，仿佛想把自己的全部记忆在这最后的几十分钟里移植到继任者的大脑里；另一些领导者则长时间默默无言，要说的话分量太重，一时不知怎样说起。

总理对华华、眼镜和晓梦说："你们首先要做的事情，是和全国各省取得联系，他们同我们一样已有所准备。记住，一定要和省一级领导机关联系，再往下更细的事情由他们去做，否则，你们是绝对顾不过来的。下一步，要确保全国孩子的基本生活，这个国家将只有四亿左右的人口了，只要组织得当，在相当长的一段时间内，这是不难做到的。但要记住，再多的存粮也会吃光的，要立刻着手恢复农业生产，尽你们的所能，夏粮能收多少就收多少，秋粮能种多少就种多少；工业生产的恢复要难得多，但也要立刻着手干，首先是交通，然后是能源，要知道，没有这两样，现有的大中城市将无法存在下去。对你们来说，这些都很难，但一定要试着干，不能等，等不来什么了。六岁以上的孩子都要参加工作，但这并不意味着停止学习，相反，不但要把你们现在的课程继续学下去，还要学多得多的东西，白天工作，就在晚上学。这种学习应该是跳跃式的，你们得提前学会很多只有大学才学的东西，才能使社会各领域运转起来，孩子们，要准备吃苦啊。

"你们必须尽快使国家稳定下来，使国民经济正常运转起来，越快越好。因为据我们预测，你们的注意力很快不得不集中到另一件事情上——在三至五年内，国家有很大的可能将面对外敌入侵。"

总参谋长接着说："我们无法准确预测未来的世界格局，但有一点可以肯定，孩子控制的世界将重新失去理智，现有的国际政治体系将全面崩溃，世界将进入野蛮争霸时代，战争会再次成为解决国际问题的主要手段。战争一旦爆发，将是全面的、大规模的，战争的样式和技术水平大约同第一次世界大战相当，虽然进程缓慢，但战场广阔，战况激烈、残酷。北约一时不具备向亚洲投放大规模兵力的能力，首批入侵可能来自近邻强国。所以，军队的恢复也要立即进行，且不能小于现有规模。"

总参谋长伸出一只手，他身后的一位大校军官把一只号码箱递给他。

"孩子们，我们很高兴把所有的东西都留给你们，但这件例外。这是国家战略核武器的启动密码和技术资料。我们只给了你们一小部分，且也是很不情愿的。这是把一支拉开栓的手枪放到了婴儿手里。可没有办法，如果人家的孩子手里有了这东西而你们没有，那个亏中华儿女是吃不起的。千万记住，绝不能首先用它来打别人！剩下的一切，只能由你们自己来把握了。"

孩子们几双手同时伸来，接住了那只沉甸甸的箱子。

只有主席还没说话，大家这时都安静下来，把目光汇聚到他身上。

主席沉思良久才开口："孩子们，在你们很小的时候，大人们就教导你们，有志者事竟成。现在我要告诉你们，这句话不对，只有符合科学规律和社会发展规律的事，才能成。事实上，你们想干的大部分事，不管多么努力，是成不了的。你们的责任，就是在一百件事情中除去九十九件不能成的事情，找出那一件能成的来。这极难，但你们必须做到！"

总理转身向后，领导者们向两边散开，露出了他们身后的一张大桌子，上面整齐地摆放着三十多部电话，主席指着这些电话说："当世界交换完成时，各省的领导机构将通过这些电话同中央联系，这之前还有一段时间，大家要好好休息，睡一会儿，以后，不会有很多睡觉的时间了！"

主席说："其实把超新星称为死星是完全错误的，冷静地想想，构成我们这个世界的所有重元素都来自爆发的恒星，构成地球的铁和硅、构成生命的碳，都是在远得无法想象的过去，从某个超新星喷发到宇宙中的。所以超新星不是死星，而是真正的造物主！人类文明被拦腰切断，孩子们，我们相信，你们会使这新鲜的创口上开出绚丽的花朵。当超新星第二次袭击地球时，你们肯定已经学会了怎样挡住它的射线。"

华华说："那时我们会引爆一颗超新星，用它的能量飞出银河系！"

主席高兴地说："孩子们对未来的设想总比我们高一个层次，在同你们相处的这段时间里，是最使我们陶醉的……好了，孩子们，我们该走了。"

"我想同孩子们在一起。"年轻的班主任郑晨说。

"小郑老师，我们还是一起走吧，相信你的学生们！姑娘，你应该骄傲地离开这个世界，人类历史上没有任何一位教师能与你相比，你培养出了一个国家！"

大人们相互搀扶着走出大厅，融入玫瑰星云银色的光芒之中。主席走在最后，他出门前转身对新的国家领导集体挥了挥手："孩子们，世界是你们的了！"

全世界的大人们用最后的时间到最后聚集地去迎接死亡，这些被称为终聚地的地方大都很偏僻，很大一部分在无人烟的沙漠、极地，甚至海底。由于世界人口猛减至原来的五分之一，地球上大片地区重新变成人迹罕至的荒野，直到很多年后，那一座座巨大的陵墓才被发现。

创 世 纪

当只剩下他们时，孩子们真的感觉累了，五十多个孩子就在大厅里的长沙发和地毯上睡着了。

像透明的雾气无声无息地穿越宇宙，时间在无声地流动着……

当他们中的第一个人醒来时，天还黑着。接着，其他孩子也醒来了，一个孩子无意中看到了大厅一角的那座大钟，他失声惊叫起来，其他的孩子也都看着钟呆住了。

他们睡了十多个小时，地球，现在已是一个孩子的世界了。

这一刻，被后来的历史学家称为人类的"精神奇点"，这是人类有史以来最孤独的时刻。这巨大的孤独感如崩塌的天空死死压住了孩子们，攥住了他们的每一个细胞。

"妈妈——"有个女孩儿失声叫了一声，所有的孩子都想哭，但——

电话响了。

开始是那三十只电话中的一部，紧接着两部、三部……

分不清多少部电话在响了，蜂鸣声汇成一片，外部世界在呼唤，提醒着孩子领导集体记起他们的责任和使命。

他们没时间哭了。

"同志们，进入工作岗位！"华华大声说，新的国家领导集体向电话走去。

蓝色的玫瑰星云仍然那么明亮，这是古老恒星庄严的坟墓和孕育着新恒星的壮丽的胚胎，这光芒透过高高的落地窗，这群小身躯被镀上了一层银色光辉，与此同时，东方曙光初现，新世界将迎来她的第一次日出。

超新星纪元开始了。

圆圆的肥皂泡

一

很多人生来就会莫名其妙地迷上一样东西,仿佛他(她)的出生就是要和这东西约会似的,正是这样,圆圆迷上了肥皂泡。

圆圆出生后一直是一副无精打采的样子,连啼哭都像是在应付差事,似乎这个世界让她很失望。

直到她第一次看到肥皂泡。

圆圆第一次看到肥皂泡时才五个月大,当时,她立刻在妈妈怀中手舞足蹈起来,小眼睛中爆发出足以使太阳星辰都黯然失色的光芒,仿佛这才是她第一次真正地看到这个世界。

这是一个西北的正午,已经数月无雨,窗外,烈日下的城市弥漫着沙尘。在这异常干燥的世界中,那飘浮在空中的绚丽的水的精灵确实是绝美的东西。看到小女儿能认识到这种美,为她吹出肥皂泡的爸爸很高兴,抱着她的妈妈也很高兴。圆圆的妈妈放弃了还有一个月的产假,第二天就要回实验室上班了。

二

时光飞逝,圆圆进幼儿园大班了,她仍然热爱肥皂泡。

这个星期天和爸爸出去玩儿,她的小衣袋中就装着吹泡泡的小瓶儿,爸爸许诺要让妈妈带她坐飞机吹泡泡。这并不是吹牛,他们真的去了近郊的一个简易机场,妈妈用来进行飞播造林研究用的飞机就停在那里。但圆圆很失望,因为那是一架破旧的双翼农用飞机,估计是以前的社会主义联盟制造的。圆圆觉得它是旧木板做的,像童话中的猎人住在森林中的破木屋,很难相信这玩意儿能飞起来。但就这架破飞机,妈妈也不让圆圆坐。

"今天是孩子的生日,你还加班不回家。让圆圆坐坐飞机，就算给她个惊喜嘛！"爸爸说。

"惊喜什么呀，她这么重了，我要少带多少树种？"妈妈说着，又把一个沉重的大塑料包吃力地搬进舱门。

圆圆觉得自己没有多重，咧嘴大哭起来。妈妈于是赶紧来哄女儿，从地上一堆大塑料袋中拿出一件奇怪的东西，样子和大小与胡萝卜差不多，头儿尖尖的，呈流线型，屁股上还有一对用硬纸板做的尾翼，看上去像个小炸弹，但却是透明的，很好玩儿的样子。圆圆伸手去抓，但小手立刻又松开了，这玩意儿是冰做的。妈妈指着小炸弹中心的一个小黑粒，告诉圆圆那就是树种："飞机从好高的地方把这些冰炸弹扔下去，它们落到地上时会扎进沙土中。春天来了，冰弹就会在沙土里悄悄地化开，化出的水会让种子发芽出苗。把好多好多这样的冰炸弹投下来，沙漠就会变绿，沙子就不会吹到我圆圆的小脸儿上了……这是妈妈的研究项目，它能使西北干旱地区飞播造林的成活率提高一倍……"

"孩子懂什么成活率，真是！圆圆，咱们走！"爸爸抱起圆圆，气鼓鼓地走了。妈妈没有留他们，只是赶紧用两手又捧了一下女儿的脸蛋儿。

圆圆感到妈妈的手比爸爸的粗糙多了。

圆圆伏在爸爸的肩膀上看到"猎人木屋"轰鸣着起飞了。她对着飞机吹出一串肥皂泡，看着它消失在沙尘迷漫的空中。

爸爸抱着圆圆走出了机场,在公路边的车站等候回市里的汽车。圆圆感到爸爸的身体突然颤抖了一下。

"爸爸,你冷吗?"

"不……圆圆。你没听到什么?"

"嗯……没有呀。"

但他听到了。那是一声沉闷的爆炸声,从飞机飞向的远方传来,隐隐约约,他几乎是用第六感听到的。他猛地回头看着那个方向,在他和女儿面前,大西北干旱的大地冷酷地凝视着苍穹。

三

时光继续飞逝,圆圆上了小学,她仍然热爱吹肥皂泡。

清明节,当她和爸爸来到妈妈墓前时,仍拿着吹泡泡的小瓶。当爸爸把鲜花放到那朴素的墓碑前时,圆圆吹出了一串泡泡。爸爸正要发作,女儿的一句话使他平静下来,双眼湿润了。

"妈妈会看到的!"圆圆指着飘过墓碑的肥皂泡说。

"孩子啊,你要做一个妈妈那样的人,像她那样有责任感和使命感,像她那样有一个远大的人生目标!"爸爸搂着圆圆说。

"我有远大的目标呀!"圆圆喊道。

"说给爸爸听听?"

"吹——"圆圆指着已飞远的肥皂泡,"大——大——的——泡——泡!"

爸爸苦笑着摇摇头,拉着女儿离去。这里距几年前飞机坠毁的地点不远。当年,自天而降的冰弹播下的种子确实都成活了,长成了小树苗,但最后的胜利者仍是无边的干旱。飞播林在干旱少雨的第二年都死光了,沙漠化仍在继续着它不可阻挡的步伐。爸爸回头看看,夕阳将墓碑的影子拉得好长好长,圆圆吹出的肥皂泡已经一个都不见了,像墓中人的理想,像西部大开发美丽的梦幻。

四

时光继续飞逝,圆圆上了中学,仍然喜欢吹肥皂泡。

这天,圆圆年轻的女班主任老师来家访,递给爸爸一把新奇漂亮的玩具手枪,说是圆圆在课上玩儿,被物理老师没收的。那把枪有个大肚子,枪管顶部固定着一个天线似的圆圈。爸爸翻来覆去地看着,很迷惑它应该怎么玩儿。

"这是泡泡枪。"班主任说着,拿过来一扣扳机,随着一阵嗡嗡的轻响,从枪口的小圆圈上飞出一长串肥皂泡。

班主任告诉爸爸,圆圆的学习成绩一直在年级中领先,她最大的长处是有很强的创造性思维,班主任说,自己还是第一次看到思想这么活跃的学生,要让爸爸珍惜这个苗头。

"你不觉得这孩子……怎么说呢,有些轻飘飘的吗?"爸爸拿着泡泡枪问。

"现在的孩子嘛,都这样……其实在这个新时代,轻松洒脱一些的思想和性格也不一定就是缺点。"

爸爸叹口气,挥挥泡泡枪,结束了谈话。他觉得和这个班主任没什么可谈的,她自己几乎还是个孩子呢。

送走了班主任,回到只有他们父女两人的家中,爸爸想和圆圆谈谈泡泡枪的问题,但立刻发生了另一件让他不愉快的事。

"又换了一个?今年你已经换了一个了!"他指着圆圆挂在胸前的手机问。

"没有呀,爸爸,人家只是换了个壳儿嘛!看,这能给我新鲜感。"圆圆说着,拿出了一个扁盒子。爸爸打开来,看到一排鲜艳的色块,最初以为是绘画颜料一类的东西,仔细一看,才发现那是十二个手机外壳,十二种色彩。

爸爸摇摇头,把盒子放在一边:"我正想和你谈谈你的这种……嗯,思想倾向。"

圆圆看到了爸爸手中的泡泡枪,一把抢了过来:"爸爸,我保证以后不再带它去学校了!"说完,她对着爸爸射出一串泡泡。

"我要说的不是这个,我要说的问题比这深刻得多。圆圆,你看你这么大了还喜欢吹肥皂泡……"

"不行吗?"

"哦,不,这本来不算什么大问题。我是说,你的这种喜好反映出了你的一种……嗯,刚才说过的,思想倾向。"

圆圆不解地看着父亲。

"这说明你倾向于追求美丽、新奇而虚幻的东西,容易对远离现实的幻影着迷,你的双脚将离开大地,会将你的人生引向一个错误的方向。"

圆圆看着满屋飘浮着的肥皂泡,显得更迷惑了。那些肥皂泡像一群透明的金鱼,在空气中幽幽地游着。

"爸爸,咱们还是谈一些更有趣的事吧!"圆圆靠到爸爸的肩膀上,语气变得神秘起来,"爸,我们的班主任漂亮吗?"

"没注意……圆圆,我刚才的意思……"

"她显然很漂亮的!"

"也许吧……我刚才要说的是……"

"爸爸,您真没注意到她和您说话时的眼神?她好像被您吸引了!"

"我说你这个孩子,就不能少想些无聊的事儿?"爸爸生气地把女儿的手从肩上拨开。

圆圆长叹一声："唉，爸爸呀爸爸，您已经变成了一个对什么都提不起兴趣的人了。您这没有新鲜、没有新奇、没有激动的日子，有什么劲呢？还好意思当别人的人生导师。"

一个肥皂泡飘到爸爸脸前爆裂了，他隐约感到了一小股弱得不能再弱的湿润水汽。这一场转瞬即逝的微型毛毛雨令他感到片刻的陶醉，不可思议，这竟让他想起了自己遥远的南方故乡。他不为人察觉地叹息了一下。

"我年轻的时候也追逐过缥缈的梦想，和你妈妈从上海来到这里，天真地把大西北看作实现自己人生价值的地方。我们那批建设者只用了那么短的时间，就让荒漠上出现了这座崭新的城市，我们曾把它当作一生的骄傲，想到在离开人世之前，这城市能作为自己没有虚度一生的证明。谁能想到，它不过是我们这一代人用青春甚至生命吹出的一个肥皂泡。"

圆圆很吃惊："丝路市怎么是肥皂泡呢？它可是实实在在的，总不会啪的一下消失吧？"

"它将消失，中央已经认可了省里的报告，停止为丝路市引水的一切规划和努力。"

"那要把我们渴死吗？现在已经是两天来一次水，每次只来一个半小时！"

"正在制订一个为期十年的拆迁计划，整座城市将全部分散迁移，丝路市将成为现代世界第一座因缺水而消失的城市，一个现代的楼兰……"

"哇，太棒了！"圆圆欢呼起来，"早就该离开这个地方了！一个平淡乏味的地方，我真的不喜欢这里！迁移！迁移到一个全新的地方，开始全新的生活，这是多美妙的事啊，爸爸！"

爸爸默默地看了女儿一会儿，站起身来走到窗前，呆呆地看着外面黄沙中的城市。他双肩下垂的背影，看上去一下子老了许多。

"爸——"圆圆轻轻叫了一声，父亲没有回答。

两天后，圆圆的爸爸成为这即将消失的城市的市长。

五

高考结束了，圆圆取得了全省理科第二名的成绩。爸爸难得彻底地高兴了一次，慷慨地问女儿有什么要求，过分些也行。圆圆冲他张开一个手掌。

"五……五个什么？"

"五块雕牌透明皂。"说完，她又张开另一个手掌，"十袋汰渍洗衣粉，"两手翻了一下，"二十瓶白猫洗洁精，"最后拿出一张纸,"最重要的是这些化学药剂,照清单上的分量买。"

那些化学药剂让父亲费了些事,他让一个在北京出差的办公室副主任跑了一天才买齐。

拿到这些东西后,圆圆一头扎进了卫生间,在那里面忙活了三天,配制了整整一浴池的溶液,怪味弥漫在家里的每个房间。第四天,两个男生送来了她定做的一个直径一米多的圆环,那圆环是用一根钻了许多小眼的长金属管弯成的。

第五天,家里早早就有一群人来访,他们中包括两个电视台的摄影师。市长还认出了其中的一位漂亮女士,是省电视台一个娱乐节目的主持人,还有两个穿着花里胡哨的家伙,自称是吉尼斯中国分部的人,昨天刚从上海飞来,其中一位沙哑着嗓子说:"市长先生,您的女……咳咳……这地方空气真干燥……您的女儿要创造吉尼斯纪录了!"

市长随着一行人爬到开阔的楼顶上,发现女儿和她几个同学已经上来了。圆圆扛着那个大圆环,面前放着的那个大澡盆中盛满了她配的那种溶液。那两个吉尼斯的人开始架设两根有刻度的标杆,市长后来才知道,那是用于测量肥皂泡直径的。

一切准备就绪后,圆圆把那个圆环伸进澡盆,再提出来时,环面已附着了一层液膜。她小心地把带液膜的圆环固定在一根长杆顶端,走到楼顶边缘,挥动长杆,使圆环

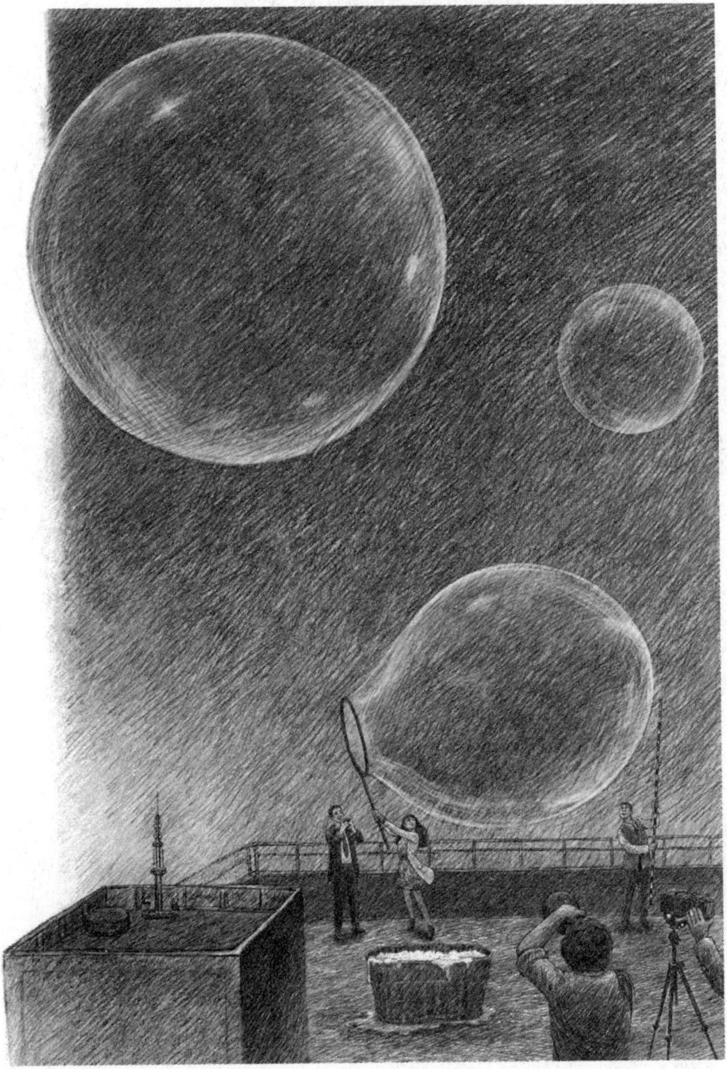

她小心地把带液膜的圆环固定在一根长杆顶端，走到楼顶边缘，挥动长杆，使圆环在空中画了一个大圈，吹出了一个巨大的肥皂泡。那个大泡在空中颤颤地变着形状，像是在跳舞。

在空中画了一个大圈，吹出了一个巨大的肥皂泡。那个大泡在空中颤颤地变着形状，像是在跳舞。市长后来得知，这个大泡的直径竟达 4.6 米，打破了由比利时人凯利斯保持的 3.9 米的吉尼斯纪录。

"液体的配方是很重要的，但窍门还是在这个大环上。"圆圆在回答主持人提问时说，"那个比利时人用的只是一个普通的液膜环圈，而我这个，是由钻了一排洞的铅管弯成的，管里面充满了发泡液体，在大泡的形成过程中，这些液体不断地从管上的小孔中泄出，以使尽可能多的液体参与成泡，这样自然就可以形成更大的泡泡了。"

"那么，你还有可能制造出更大的泡泡来吗？"主持人问。

"当然会的！这就要研究肥皂泡形成的几个要素，包括液体黏度、延展性、蒸发率和表面张力，但对于形成超大的泡泡来说，最需要改进的是后两项。蒸发率必须降低，因为蒸发是泡壁破裂的主要原因之一；表面张力嘛……你知道为什么纯水不能吹出泡泡？"

"当然是它的表面张力太小了。"

"恰恰相反，是因为水的表面张力太大了，形不成气泡。再问一句，你知道肥皂泡形成以后，它的表面张力与直径大小有什么关系？"

"那……那照你说的，张力越小，泡就越大呗？"

"不，不！当泡形成后，随着直径的增大，它反而需要增大自己的表面张力，以维持泡壁的强度。这就出现了一个问题，液体的表面张力是恒定的，那么要想吹出超大的泡泡，我们该解决什么样的问题呢？"

主持人茫然地摇摇头，她属于外形漂亮、口齿伶俐但头脑简单的那一类，圆圆看出了这点："算了，我们还是给观众们再吹几个大泡吧！"

于是，又有几个直径四五米的大肥皂泡顺风飘行在城市上空，在这沙尘弥漫的干旱世界中，它们显得那么不真实，仿佛是来自另一个世界的幻影。

一星期后，圆圆离开了这座她出生长大的西北城市，到中国那所最好的理工科大学去学习纳米专业了。

六

时光继续飞逝，但圆圆不再吹肥皂泡了。

圆圆读完了学士、硕士和博士，然后以令她父亲头晕目眩的速度开始创业。她以做博士课题时创造的一项技术为基础，开发了一种新的太阳能电池，成本仅为传统的单晶硅电池的几十分之一，可以作为马赛克贴到整个建筑表面上。仅三四年时间，她的公司就发展到几亿元资产的规模，成为纳米技术的东风催生的一大批急剧膨胀的奇迹企业之一。

圆圆的父亲由此陷入了一个尴尬的境地。以事业的成功程度而言,女儿现在已经有资格教导父亲了。看来圆圆当年的那个漂亮班主任说得有道理,轻飘洒脱的思想和性格不一定就是缺点。这是一个令父亲这一代人恼火的时代,现在的成功需要的是逼人的思想灵气,经验、毅力和使命感之类的不再起决定作用,凝重和沉重更是显得傻乎乎的。

"很久没有过这种感觉了,这是我听过的最好的歌声,他们确实比上一代那三个强。"在国家大剧院广阔的出口平台上,市长对女儿说。圆圆知道父亲喜欢听古典美声,这是他不多的爱好之一,于是圆圆趁父亲到北京开会之际,请他听新一代世界三大男高音为即将到来的奥运会举办的演唱会。

"早知道我该买最好座位的票,怕您又嫌我浪费,就买了两张中等的。"

"这样的票多少钱一张?"父亲随口问。

"便宜多了,好像每张两万八吧。"

"嗯……啊,什么?"

看着父亲目瞪口呆的样子,圆圆笑了起来:"如果您能找回很久没有过的感觉,就是二十八万也值得。看这座大剧院,投资几十个亿,还不是为了人们从艺术中得到或找回某种感觉?"

"也许你有道理，我还是希望你的钱能花到更有意义的地方。圆圆，我想与你谈谈有关丝路市的事，你能不能进行一项它的市政投资？"

"是什么？"

"一个大型的水处理工程，建成后能够大大提高城市用水的循环利用率，还能够用太阳能淡化一部分盐湖的水。如果这个系统能够实现，丝路市就能在缩小规模后继续存在下去，避免完全消失的命运。"

"投资是多少？"

"初步规划，大约十六个亿吧。大部分资金已有来源，但到位时间很长，怕来不及了，所以现在需要你投入一笔启动资金，约一个亿吧。"

"爸爸，不行，我目前能周转的资金也就这么多了，我想用它搞一个研究项目……"

父亲举起一只手，打断女儿的话说："那就算了。圆圆，我丝毫不想影响你的事业，其实，我本来没打算向你提这个要求的，虽然你的投资能保证收回，但利润回报却微乎其微。"

"啊，那倒无所谓，爸爸。我这个项目更惨，别说盈利，投资都肯定会打水漂！"

"你想搞基础研究吗？"

"不，但也不是应用研究，是好玩儿的研究。"

"……"

"我将研制一种超级表面活性剂,已为它想好了名字,叫飞液。它的溶液黏性和延展性比现有的任何液体都大几个数量级,蒸发速度仅是甘油的千分之一。这种表面活性剂溶液还具有一个魔鬼般的特性——它的表面张力能够随着液层的厚度和液面的曲率自动调节,调节范围从水的张力的百分之一到一万多倍。"

"它是干什么用的?"父亲惊恐地问,他已知道答案,但还是不敢相信。

年轻的亿万富婆搂住父亲的肩膀大声说:"吹——大——大——的——泡——泡!"

"你不是开玩笑吧?"

圆圆看着长安街上的灯火,沉默了好久:"谁知道呢?也许我的整个生活就是一个大玩笑。但,爸爸,我觉得这也没有什么不好,一个人用一生开一个玩笑也是一种使命吧。"

"用一亿元吹泡泡?有什么用吗?"父亲的语气好像觉得自己在做梦。

"没什么用,好玩呗。不过,比起你们当年用几百个亿建起一座很快就拆掉的城市,我的奢侈微不足道。"

"可你现在能救这城市,它也是你的城市,你在那里出生长大。可你却用这笔钱吹肥皂泡!你……也太自私了!"

"我在过自己的生活,无私奉献并不一定能推动历史,您的那座城市就是证明!"

直到圆圆把车开上长安街，父女俩都没有再说话。

"对不起，爸爸。"圆圆轻声说。

"这些天我总是想起拉着你的小手儿的那些日子，那是多好的时光啊。"灯光中，父亲的双眼一闪一闪的，似乎有些湿润。

"我知道我让您失望了。您一直想让我成为妈妈那样的人，如果我能有两次人生的话，其中的一次会照您的做，把自己奉献给责任和使命。可是，爸爸，我只能活一次。"

父亲没有说话。当这沉默的路程快结束时，圆圆拿出一个大纸袋递给父亲。

"什么？"父亲不解地问。

"房产证和钥匙。爸，我给您买了一幢别墅，在太湖边上，您退休后可以回到南方了。"

父亲把纸袋轻轻地推了回来："不，孩子，我会在丝路的废墟上度过余生，我和你妈妈的青春和理想都埋在那儿，离不开了。"

北京的灯在夏夜里尽情地闪烁着。看着这绚丽的光海，圆圆和父亲竟同时联想到肥皂泡。这无边的灿烂似乎在极力向他们展示着什么，是生命之重还是生命之轻？

七

两年后的一天,市长在办公室里接到了女儿的电话。

"爸爸,生日快乐!"

"呵,圆圆吗?你在哪儿?"

"离您那儿不远,我给您送生日礼物来了!"

"嘿,我好多年没想起生日这回事儿了。那中午回家吧,我也有一个多月没回家了,就保姆在那儿照看着。"

"不,礼物现在就送给您!"

"我在工作,马上要开市政周例会了。"

"没关系,您打开窗户向天上看!"

今天的天空万里无云,蓝得清澈,这种天气在这一地区是很少见的。空中传来引擎的轰鸣声,市长看到有一架飞机在城市上空缓缓地盘旋,在蓝天的背景上很醒目。

"爸爸,我在飞机上呢!"圆圆在电话中喊道。

这是一架老式双翼螺旋桨飞机,在空中像一只懒洋洋的大鸟。时光瞬间闪回,一种熟悉的感觉闪电般出现,市长浑身颤抖了一下,二十多年前他也这样过,那时女儿问他是不是冷了。

"圆圆,你……要干什么?"

"要送礼物啦,爸爸,注意飞机下面!"

市长刚才就发现,飞机机腹下面吊着一个大环,那环的直径比飞机还长,显然是升空以后才展开的。整体看去,飞机和大环组成了一个在空中飞行的戒指。他后来知道,那个大环的结构同圆圆破吉尼斯纪录时用的环一样,由轻型金属管制成,管内充满了那种叫飞液的魔鬼液体。环面上罩着一层飞液的液膜,环上有无数的小洞,使飞液能够不断地从围成大圆环的细管中流出。

令人震惊的景象出现了,在那个大环后面,吹出了一个大肥皂泡!它反射着阳光,形状时隐时现。肥皂泡在急剧膨胀,很快,飞机与它相比只是透明西瓜上的一粒小芝麻。

下面的城市广场上,所有人都在驻足仰望,市政府办公大楼里也开始有人跑出来看。

飞机拖着巨泡在城市上空缓缓盘旋,肥皂泡的膨胀速度大大减慢,但仍在继续着。最后,它脱离了飞机下的大环,独自在空中飘浮着。虽然巨泡的进气口已经消失,它的膨胀却没有停止,这是由于阳光的热量在泡内聚集使其中的空气膨胀。渐渐地,巨泡占据了半个天空!

"这就是礼物啦,爸爸!"圆圆在电话中兴奋地喊着。

蓝天上晃动着大片的闪光,仿佛整个天空就是一张平滑的玻璃纸,正被一双无形的大手在阳光下抖动着。细看上去,那些闪光勾勒出了一个巨大的球体形状,那个透明球体此时占据了大部分天空,下面的人们得将头转动近一百八十度才能看全它。它仿佛是地球在天空的镜面上投下的一个晶莹的幻影。

城市骚动起来，大街上开始出现交通堵塞。

巨泡缓缓从空中降下来，当它降到足够低时，地面上的人们竟然在泡壁上看到了城市的高楼群的镜像，由于泡壁在风中的波动，高楼群扭曲变形，像是海中的植物林。这广阔的泡壁从上方气势磅礴地压下来，人们不由得捂住了脑袋。当巨泡接触地面时，暴露在外的人们在身体穿过泡壁时感到脸上痒痒了一下。

巨泡没有破碎，而是呈一个直径近十千米的半球形立在大地上。这座城市，连同边缘的一座火力发电厂和一个化工厂，全被巨泡扣在其中！

"我们不是故意的，真的不是故意的！"圆圆对着摄像机说，"本来，按一般的情况，大泡会顺风飘走。谁想到今天这里的风力竟这么弱，这儿一贯是风很大的！所以它才掉了下来，把城市扣住了！"

市长看着市电视台中断了正常节目插进的紧急现场报道，电视中的女儿身穿航空皮夹克，拉链敞开着，露出里面的蓝色工作服。她的身后，是那架老式双翼飞机……时光再次闪回，太像了，太像了……市长的心融化了，泪水夺眶而出。

两小时后，市长同刚刚成立的紧急小组一起，驱车来到了城市边缘巨泡泡壁的位置，圆圆和她的几个工程师早已等在那里。

"爸爸，我的肥皂泡很棒吧？"圆圆没有了刚才的恐慌，不合时宜地一脸兴奋。

市长没理女儿，抬头打量着泡壁，这是一张在阳光下发着多彩霓光的大膜，它表面那结构极其精细的衍射条纹，令人迷惑地变幻着，构成一个疯狂展示宇宙间所有色彩的妖艳的海洋。大膜是全透明的，这使得透过它看到的外部世界也蒙上了一层霓彩。向上到一定的高度，霓彩消失了，从空中看不出膜的存在。

市长伸出一只手，小心地触摸泡壁。他的手背感到一阵极其轻微的瘙痒，手已在膜的另一面了。这膜可能只有几个分子的厚度。他抽回手来，膜瞬间恢复原状，那一处的霓彩光纹仍是完整的形状，仿佛根本没有中断过。

现在，他一贯认为虚幻象征的肥皂泡已是这样一个实实在在的巨大现实，而透过它看到的现实世界反倒变得虚幻了。

其他人也开始触摸大膜，后来大家挥手试图撕裂膜面，最后发展成对大膜拳打脚踢。市长的司机从车里拿出一根铁棍，抡得呜呜作响，击打膜面……但这一切对大膜没有丝毫影响，所有的打击物都毫无阻碍地穿膜而过，之后膜面完好无损。市长挥手制止了大家的徒劳，接着指指远处的高速公路，人们看到，公路上的车流正在不间断地高速穿过大膜。

"这同肥皂泡沫的性质一样，固体可以穿过，但不透气。"圆圆说。

"正是因为它不透气，现在城市里的空气质量在急剧恶化。"市长瞪了一眼女儿说。

众人抬头看去，发现城市上空出现了一个巨大的半球状白色顶盖。这是由于城市和工厂产生的烟雾被大膜限制在泡内，使大泡的形状显现出来。这时如果从远处看城市，恐怕只能看到一个顶天立地的乳白色半球了。

"可能需要关闭发电厂和化工厂，以减缓空气污染的速度。"紧急小组组长说，"但最严重的问题是泡内气温的上升，现在城市实际上处于一个密闭极好的温室内，与外界没有空气流通，阳光的热量在很快聚集，现在正值盛夏，据测算，泡内气温最终将达到六十摄氏度！"

"到现在为止，都进行了哪些方面的尝试来打破它？"市长问。

一名驻军指挥官回答："一小时前，我们曾调用陆军航空兵的直升机在泡顶反复穿过，试图用螺旋桨撕裂它，没有用；后来又用炸药在泡壁与地面的交接处进行爆破，爆炸只是使大膜波动了一会儿，没造成任何破坏。更邪乎的是，这张膜居然瞬间延伸到爆炸产生的大坑中，天衣无缝地横穿过坑的底部！"

市长问圆圆："大泡要多长时间才能自然破裂？"

"大泡的破裂主要是由于泡壁液体的蒸发，这种物质的蒸发速度是极慢的，即使日照良好，大泡也得五六天才能破。"圆圆回答，令父亲气恼的是，女儿的语气显得很得意。

"那只有全城紧急疏散了。"紧急小组组长叹了口气说。

市长摇摇头："不到万不得已，不能走这一步。"

"还有一个办法，"一名环境专家说，"赶造许多长筒，口径越大越好，把这些筒的一头伸出泡外，在筒的底部装上大功率换气扇，以实现与外界的空气交换。"

"哈哈哈哈……"圆圆大笑起来，把大家吓了一跳，她在众人气愤的目光中笑得直不起腰来，"这想法……真够滑稽的！哈哈……"

"这都是你干的好事！"市长厉声喝道，"你要为此负责的，必须赔偿对本市造成的一切损失！"

圆圆两眼看着天，止住笑说："那是，我们会赔的。不过，我刚想出一个使大泡破裂的简单方法——烧。在泡壁与地面交接线的内侧，挖一条一百至二百米长的壕沟，沟中灌满燃油并点燃，火焰会大大加速泡壁的蒸发，可以在三个小时左右使大泡破裂。"

市长命令抢险队照圆圆的方案做了。城市的边缘出现了一道一百多米长的火墙，在那一排冲天烈焰的上方，被火舌舔着的泡壁变幻着各种怪异的色彩和图案。从图案的纹路可以看出，大膜上其他部分的飞液正在涌过来补充已被火焰蒸发掉的部分，这使得大膜上被烧灼的位置像一个大旋涡，绚丽妖艳的色彩洪水般从四面八方涌来，消失在火焰中。火焰的黑烟顺着泡壁上升，在天空中形成了一个黑色巨掌，令大泡中的百万市民惊恐不已。

三小时后，大泡破裂了，城市里的人们听到天地间发出一声轻微的破碎声,清脆悠扬深远,仿佛宇宙的琴弦被轻轻拨动了一下。

"爸爸,我很奇怪,您并没有像我想象的那样暴跳如雷。"圆圆对父亲说,这时,他们正站在市政府大楼的楼顶看着大泡破裂。

"我一直在思考一件事情……圆圆,你认真回答我几个问题。"

"关于大肥皂泡的?"

"是的。我问你,既然泡壁是不透气的,那大泡也能保持住内部的湿润空气了?"

"当然。其实,在飞液的研制即将完成时,我不经意想到了它的一项可能的用途——用大泡作为超大型温室,可以在冬季制造小型气候区,为大片的土地提供适合作物生长的湿度和温度。当然,这还要使大泡更持久些。"

"第二个问题,你能让大泡随风飘很远吗?比如说几千千米?"

"这没问题,阳光的热量在泡内聚集,使其内部空气膨胀,会产生类似于热气球的浮力。至于今天这个大泡的坠落,只是因为它生成的位置太低,风也太小了。"

"第三个问题,你能让大泡在确定的时间破裂吗?"

"这也不难,只需调节飞液内的一种成分,改变其溶液的蒸发速度就行了。"

"最后一个问题,如果有足够的资金,你能够吹出几千万甚至上亿个大泡吗？"

圆圆吃惊地瞪大双眼："上亿个？天哪，干什么？"

"想象这样一幅图景，在遥远的海洋上空，形成了无数个大肥皂泡，它们在平流层强风的吹送下，飞越了漫长的路程，来到大西北上空，然后全部破裂，把它们在海洋上空包裹起来的潮湿空气，都播散在我们这片干旱的土地……是的，肥皂泡能为大西北从海洋上运来潮湿空气，也就是运来雨水！"

震惊和激动使圆圆一时间说不出话来，只是呆呆地看着父亲。

"圆圆，你送给我一件伟大的生日礼物，说不定，这一天也是大西北的生日！"

这时，外界清凉的风吹过城市，上空那个由烟雾构成的巨大白色半球失去了大膜的限制，在风中缓慢地改变着形状。东方的天空中有一道色彩奇异的彩虹，这是大泡破裂后，构成它的飞液散布到空中形成的。

八

向中国西部空中调水的宏大工程进行了十年。

这十年，在中国南海和孟加拉湾，建成了许多巨大的天网。这些天网由表面布满小孔的细管构成，每个网眼有几百米甚至上千米的直径，相当于那个十多年前曾吹出超级肥皂泡的大圆环。每张天网有几千个网眼。天网分陆基和空中两种，陆基天网沿海岸线布设，空中天网则由巨型系留气球悬挂在几千米的高空。在南海和孟加拉湾，天网在海岸线和海洋上空连绵两千多千米，被称作"泡泡长城"。

空中调水系统首次启动的那天，构成天网的细管中充满了飞液，并在每个网眼上形成一层液膜。潮湿而强劲的海风在天网上吹出了无数巨型气泡，它们的直径都有几千米，这些气泡相继脱离天网，一群群升上更高的天空，升向平流层，随风而去。同时，更多的气泡从天网上源源不断地被吹出来。大群大群的巨型气泡浩浩荡荡地飘向大陆深处，包裹着海洋的湿气，飘过了喜马拉雅山，飘过了大西南，飘到大西北上空，在南海、孟加拉湾和大西北之间的天空中，形成了两条长达数千千米的气泡长河！

九

在空中调水系统正式启动的两天后，圆圆从孟加拉湾飞到大西北的一座省会城市。当她走下飞机时，看到一轮圆月静静地悬在夜空中，从海上启程的气泡还没有到达。在城市里，月光下挤满了人，圆圆也在中心广场停下车，挤在人群中，同他们一起热切地等待着。一直到午夜，夜空依旧，人群开始同前两天一样散去，但圆圆没走，她知道气泡在今夜一定会到达这里。她坐在一张长椅上，正在睡意蒙眬之际，突然听到有人喊："天哪，怎么这么多的月亮！"

圆圆睁开眼，真的在夜空中看到了一条月亮河！那无数个月亮是由无数个巨型气泡映出的。与真月亮不同，它们都是弯月，有上弦的，也有下弦的，每个都是那么晶莹剔透，真正的月亮倒显得平淡无奇了，只有根据其静止状态才能从浩浩荡荡流过长空的月亮河中将它分辨出来。

从此，大西北的天空成了梦的天空。

白天，空中的气泡看不太清楚，只是蓝天上到处出现泡壁的反光，整个天空像阳光下泛起涟漪的湖面，大地上缓缓运行着气泡巨大而清晰的影子。最壮丽的时刻是在清晨和黄昏，那时，地平线上的朝阳或夕阳将天空中的气泡大河镀上灿烂的金色。

但这些美景并不会存在很久，空中的气泡相继破裂。虽然有更多的气泡滚滚而来，天空中的云却多了起来，使气泡看不清了。

接着，在这个往年最干旱的季节，天空飘起了绵绵细雨。

圆圆在雨中来到了自己出生的那座城市。经过十年的搬迁，丝路市已成了一座寂静的空城。一座座空荡的高楼在小雨中静静地立着。圆圆注意到，这些建筑并没有真正被抛弃，它们都被保护得很好，窗上的玻璃还都完整，整座城市仿佛在沉睡中，等待着肯定要到来的复活之日。

小雨掩盖了尘埃，空气清新怡人，雨洒在脸上凉丝丝的，很舒服。圆圆慢慢地行走在她熟悉的街道上。那些街道，爸爸曾拉着她的小手无数次地走过，曾洒落过她吹出的无数个肥皂泡。圆圆的心里响起了一支童年的歌。

突然她发现，这歌真的在响着。这时天已黑了，在整座浸没于夜色中的空城里，只有一扇窗户亮着灯，那是一幢普通住宅楼的二楼，是她的家，歌声就是从那里传出来的。

圆圆来到楼前，看到周围收拾得很干净，还有一小片菜地，里面的菜长得很好。地边有一辆小工具车，车上装有大铁桶，显然是用来从远处运水浇地的。即使在朦胧的夜色中，这里也能感觉到一股生活的气息，它在这一片死寂的空城里，像沙漠中的绿洲一样令圆圆向往。

圆圆走上了扫得很干净的楼梯，轻轻地推开家门，看到灯下头发花白的父亲仰在躺椅上，陶醉地哼着那首童年老歌。他手里拿着那个圆圆在孩提时代装肥皂液的小瓶儿，还有那个小小的塑料吹环，正吹出一串五光十色的肥皂泡。

带上她的眼睛

连续工作了两个多月,我实在累了,便请求主任给我两天假,出去短暂旅游一下散散心。主任答应了,条件是我再带一双眼睛去,我也答应了,于是他带我去拿眼睛。眼睛放在控制中心走廊尽头的一个小房间里,现在还剩下十几双。

主任递给我一双眼睛,指指前面的大屏幕,把眼睛的主人介绍给我,是一个好像刚毕业的小姑娘,呆呆地看着我。在肥大的太空服中,她更显得娇小,一副可怜兮兮的样子,显然刚刚体会到太空不是她在大学图书馆中想象的浪漫天堂,某些方面可能比地狱还稍差些。

"麻烦您了,真不好意思。"她连连向我鞠躬,这是我听到过的最轻柔的声音,我想象着这声音从外太空飘来,像一阵微风吹过轨道上那些庞大粗陋的钢结构，使它们立刻变得像橡皮泥一样软。

"一点都不，我很高兴有个伴儿的。你想去哪儿？"我豪爽地说。

"什么？您自己还没决定去哪儿？"她看上去很高兴。但我立刻感到两个异样的地方：其一，地面与外太空通信都有延时，即使在月球，延时也有两秒钟，小行星带延时更长，但她的回答几乎感觉不到延时，这就是说，她现在在近地轨道，那里回地面不用中转，费用和时间都不需多少，没必要托别人带眼睛去度假；其二是她身上的太空服，作为航天个人装备工程师，我觉得这种太空服很奇怪——在服装上看不到防辐射系统。放在她旁边的头盔的面罩上也没有强光防护系统。我还注意到，这套服装的隔热和冷却系统异常发达。

"她在哪个空间站？"我扭头问主任。

"先别问这个吧。"主任的脸色很阴沉。

"别问好吗？"屏幕上的她也说，还是那副让人心软的小可怜样儿。

"你不会是被关禁闭了吧？"我开玩笑说，因为她所在的舱室十分窄小，显然是一个航行体的驾驶舱，各种复杂的导航系统此起彼伏地闪烁着，但没有窗子，也没有观察屏幕，只有一支在她头顶打转的失重的铅笔说明她是在太空中。

听了我的话，她和主任似乎都愣了一下，我赶紧说："好，我不问自己不该知道的事了，还是你来决定我们去哪儿吧。"

这个决定对她很艰难，她的双手在太空服的手套里握在胸前，双眼半闭着，似乎是在决定生存还是死亡，或者认为地球在我们这次短暂的旅行后就要爆炸了。我不由笑出声来。

"哦，这对我来说不容易，您要是看过海伦·凯勒的《假如给我三天光明》的话，就能明白这多难了！"

"我们没有三天，只有两天。在时间上，这个时代的人都是穷光蛋。但比那个20世纪的盲人幸运的是，我和你的眼睛在三小时内可到达地球的任何一个地方。"

"那就去我们起航前去过的地方吧！"她告诉了我那个地方，于是我带着她的眼睛去了。

草　原

这是高山与平原、草原与森林的交接处，距我工作的航天中心有两千多千米，乘电离层飞机用了十五分钟就到了这儿。面前的塔克拉玛干，经过几代人的努力，已由沙漠变成了草原，又经过几代强有力的人口控制，这儿再次变成了人迹罕至的地方。现在大草原从我面前一直延伸到天边，背后的天山覆盖着暗绿色的森林，几座山顶还有银色的雪冠。我掏出她的眼睛戴上。

所谓眼睛就是一副传感眼镜，当你戴上它时，你所看到的一切图像由超高频信息波发射出去，可以被远方的另一个戴同样传感眼镜的人接收到，于是他就能看到你所看到的一切，就像你带着他的眼睛一样。

现在，长年在月球和小行星带工作的人已有上百万，他们回地球度假的费用是惊人的，于是吝啬的宇航局就设计了这玩意儿，于是每个生活在外太空的宇航员在地球上都有了另一双眼睛，由这里真正能去度假的幸运儿带上这双眼睛，让身处外太空的那个思乡者分享他的快乐。这个小玩意儿开始被当作笑柄，但后来由于用它"度假"的人能得到可观的补助，竟流行开来。最尖端的技术被采用，这人造眼睛越做越精致，现在，它竟能通过采集戴着它的人的脑电波，把他（她）的触觉和味觉一同发射出去。多带一双眼睛去度假成了宇航系统地面工作人员从事的一项公益活动，由于度假中的隐私等原因，并不是每个人都乐意再带双眼睛，但我这次无所谓。

我对眼前的景色大发感叹，但从她的眼睛中，我听到了一阵轻轻的抽泣声。

"上次离开后，我常梦到这里，现在回到梦里来了！"她细细的声音从她的眼睛中传出来，"我现在就像从很深很深的水底冲出来呼吸到空气，我太怕封闭了。"

我从中真的听到她在深呼吸。

我说:"可你现在并不封闭,同你周围的太空比起来,这草原太小了。"

她沉默了,似乎连呼吸都停止了。

"啊,当然,太空中的人还是封闭的,20世纪的一个叫耶格尔的飞行员曾有一句话是描述飞船中的宇航员的,说他们像……"

"罐头中的肉。"

我们都笑了起来。她突然惊叫:"呀,花儿,有花啊!上次我来时是没有的!"是的,广阔的草原上到处点缀着星星点点的小花。

"能近些看看那朵花吗?"

我蹲下来看。

"呀,真美啊!能闻闻她吗?不,别拔下她!"

我只好半趴到地上闻,一缕淡淡的清香。"啊,我也闻到了,真像一首隐隐传来的小夜曲呢!"

我笑着摇摇头,这是一个风云变幻的时代,女孩子们都浮躁到了极点,像这样的见花落泪的林妹妹真是太少了。

"我们给这朵小花起个名字,好吗?嗯……叫她梦梦吧。我们再看看那一朵好吗?她该叫什么呢?嗯,叫小雨吧。再到那一朵那儿去,啊,谢谢,看她的淡蓝色,她的名字应该是月光……"

我们就这样一朵朵地看花,闻花,然后再给她们起名字。她陶醉于其中,没完没了地进行下去,忘记了一切。我对这套小女孩儿的游戏实在厌烦了，到我坚持停止时，我们已给上百朵花起了名字。

一抬头，我发现已走出了好远，便回去拿丢在后面的背包，当我拾起草地上的背包时，又听到了她的惊叫："天哪，你把小雪踩住了！"

我扶起那朵白色的野花，觉得很可笑，就用两只手各捂住一朵小花，问她："她们都叫什么？什么样儿？"

"左边那朵叫水晶，也是白色的，她的茎上有分开的三片叶儿；右边那朵叫火苗，粉红色，茎上有四片叶子，上面两片是单的，下面两片连在一起。"

她说的话都对，我有些感动了。

"你看，我和她们都互相认识了，以后漫长的日子里，我会好多次一遍遍地想她们每一个的样儿，像背一本美丽的童话书。你那儿的世界真好！"

"我这儿的世界？要是你再这么孩子气地多愁善感下去，这也是你的世界了，那些挑剔的太空心理医生会让你永远待在地球上。"

我在草原上无目标地漫步，很快来到一条隐没在草丛中的小溪旁。我迈过去继续向前走，她叫住了我，说："我真想把手伸到小河里。"

我蹲下来把手伸进溪水，一股清凉流遍全身，她的眼睛用超高频信息波把这感觉传给远在太空中的她，我又听到了她的感叹。

"你那儿很热吧?"我想起了她那窄小的控制舱和隔热系统异常发达的太空服。

"热,热得像……地狱。呀,天哪,这是什么?草原的风?!"这时我刚把手从水中拿出来,微风吹在湿手上凉丝丝的,"不,别动,这真是天国的风呀!"

我把双手举在草原的微风中,直到手被吹干。然后应她的要求,我又把手在溪水中打湿,再举到风中把天国的感觉传给她。我们就这样又消磨了很长时间。

再次上路后,沉默地走了一段,她又轻轻地说:"你那儿的世界真好。"

我说:"我不知道,灰色的生活把我这方面的感觉都磨钝了。"

"怎么会呢?!这世界能给人多少感觉啊!谁要能说清这些感觉,就如同要说清大雷雨有多少雨点一样。看天边那大团的白云,银白银白的,我这时觉得它们好像是固态的,像发光玉石构成的高山。下面的草原,这时倒像是气态的,好像所有的绿草都飞离了大地,成了一片绿色的云海。看!当那片云遮住太阳又飘开时,草原上光和影的变幻是多么气势磅礴啊!看看这些,您真的感受不到什么吗?"

……

我带着她的眼睛在草原上转了一天,她渴望地看草原上的每一朵野花,每一棵小草,看草丛中跃动的每一缕阳光,渴望听草原上的每一种声音。一条突然出现的小溪,小溪中的一条小鱼，都会令她激动不已；一阵不期而至的微风，风中一缕绿草的清香，都会让她落泪……我感到，她对这个世界的情感已丰富到病态的程度。

日落前，我走到了草原中一间孤零零的白色小屋，那是为旅游者准备的一间小旅店，似乎好久没人光顾了，只有一个迟钝的老式机器人照看着旅店里的一切。我又累又饿，可晚饭只吃到一半，她又提议我们立刻去看日落。

"看着晚霞渐渐消失，夜幕慢慢降临森林，就像在听一首宇宙间最美的交响曲。"她陶醉地说。我暗暗叫苦，但还是拖着沉重的双腿去了。

草原的落日确实很美，但她对这种美倾泻的情感使这一切有了一种异样的色彩。

"你很珍视这些平凡的东西。"回去的路上我对她说，这时夜色已很重，星星已在夜空中出现。

"你为什么不呢，这才像在生活。"她说。

"我，还有其他的大部分人，不可能做到这样。在这个时代，得到太容易了。物质的东西自不必说，蓝天绿水的优美环境、乡村和孤岛的宁静等都可以毫不费力地得到。甚至以前人们认为最难寻觅的爱情，在虚拟现实网上至少也可以暂时体会到。所以人们不再珍视什么了，面对着一大堆伸手可得的水果，他们把拿起的每一个咬一口就扔掉。"

"但也有人面前没有这些水果。"她低声说。

我感觉自己刺痛了她，但不知为什么。回去的路上，我们都没再说话。

这天夜里的梦境中,我看到了她,穿着太空服在那间小控制舱中,眼里含泪,向我伸出手来喊:"快带我出去,我怕封闭!"我惊醒了,发现她真在喊我,我是戴着她的眼睛仰躺着睡的。

"请带我出去好吗?我们去看月亮,月亮该升起来了!"

我脑袋发沉,迷迷糊糊很不情愿地起了床。到外面后发现月亮真的刚升起来,草原上的夜雾使它有些发红。月光下的草原也在沉睡,有无数点萤火虫的幽光在朦朦胧胧的草海上浮动,仿佛是草原的梦在显形。

我伸了个懒腰,对着夜空说:"喂,你是不是从轨道上看到月光照到这里?告诉我你的飞船的大概方位,说不定我还能看到呢,我肯定它是在近地轨道上。"

她没有回答我的话,而是自己轻轻哼起了一首曲子,一小段旋律过后,她说:"这是德彪西的《月光》。"又接着哼下去,陶醉于其中,完全忘记了我的存在。《月光》的旋律同月光一起从太空降落到草原上。我想象着太空中的那个娇弱的女孩儿,她的上方是银色的月球,下面是蓝色的地球,小小的她从中间飞过,把音乐融入月光……

直到一个小时后我回去躺到床上,她还在哼着音乐,是不是德彪西的我就不知道了,那轻柔的乐声一直在我的梦中飘荡着。

不知过了多久,音乐变成了呼唤,她又叫醒了我,还要出去。

"你不是看过月亮了吗?!"我生气地说。

"可现在不一样了,记得吗?刚才西边是有云的,现在那些云可能飘过来了,现在月亮正在云中时隐时现呢,想想草原上的光和影,多美啊!那是另一种音乐了,求你带我的眼睛出去吧!"

我十分恼火,但还是出去了。云真的飘过来了,月亮在云中穿行,草原上大块的光斑在缓缓浮动,如同大地深处浮现的远古的记忆。

"你像是来自18世纪的多愁善感的诗人,完全不适合这个时代,更不适合当宇航员。"我对着夜空说,然后摘下她的眼睛,挂到旁边一棵红柳的枝上,"你自己看月亮吧,我真的得睡觉去了,明天还要赶回航天中心,继续我那毫无诗意的生活呢。"

她的眼睛中传出了她细细的声音,我听不清说什么,径自回去了。

我醒来时天已大亮,阴云已布满了天空,草原笼罩在蒙蒙的小雨中。她的眼睛仍挂在红柳枝上,镜片上蒙上了一层水雾。我小心地擦干镜片,戴上它。原以为她看了一夜月亮,现在还在睡觉,却从眼睛中听到了她低低的抽泣声,我的心一下子软下来。

"真对不起,我昨天晚上实在太累了。"

"不,不是因为你,呜呜,天从3点半就阴了,5点多又下起雨……"

"你一夜都没睡？！"

"……呜呜，下起雨，我，我看不到日出了，我好想看草原的日出，呜呜，好想看的，呜……"

我的心像是被什么东西融化了，脑海中出现她眼泪汪汪、小鼻子一抽一抽的样儿，眼睛竟有些湿润。不得不承认，在过去的一天一夜里，她教会了我某种东西，一种说不清的东西，像月夜中草原上的光影一样朦胧，由于它，以后我眼中的世界与以前会有些不同的。

"草原上总还会有日出的，以后我一定会再带你的眼睛来，或者，带你本人来看，好吗？"

她不哭了，突然，她低声说："听……"

我没听见什么，但紧张起来。

"这是今天的第一声鸟叫，雨中也有鸟呢！"她激动地说，那口气如同听到世纪钟声一样庄严。

落日六号

又回到了灰色的生活和忙碌的工作中，以上的经历我很快就淡忘了。很长时间后，当我想起洗那些那次旅行时穿的衣服时，在裤脚上发现了两三颗草籽。同时，在我的意识深处，也有一颗小小的种子留了下来。在我孤独寂寞的精神沙漠中，那颗种子已长出了令人难以察觉的绿芽。虽然是无意识地，当一天的劳累结束后，我已能感觉到晚风吹到脸上时那淡淡的诗意，鸟儿的鸣叫已能引起我的注意，我甚至会在黄昏时站在天桥上，看着夜幕降临城市……世界在我的眼中仍是灰色的，但星星点点的嫩绿在其中出现，并在增多。当这种变化发展到让我觉察出来时，我又想起了她。

也是无意识地，在闲暇时甚至睡梦中，她身处的环境常在我的脑海中出现，那封闭窄小的控制舱，奇怪的隔热太空服……后来这些东西在我的意识中都隐去了，只有一样东西凸现出来，这就是那在她头顶上打转的失重的铅笔，不知为什么，一闭上眼睛，这支铅笔总在我的眼前飘浮。终于有一天，上班时我走进航天中心高大的门厅，一幅见过无数次的巨大壁画把我吸引住了，壁画上是从太空中拍摄的蔚蓝色的地球。那支飘浮的铅笔又在我的眼前出现了，同壁画叠印在一起，我又听到了她的声音："我怕封闭……"一道闪电在我的脑海里出现。

除了太空，还有一个地方会失重！

我发疯似的跑上楼，猛砸主任办公室的门。他不在，我仿佛和他心有灵犀，知道他在哪儿，就飞跑到存放眼睛的那个小房间，他果然在里面，看着大屏幕。她在大屏幕上，还在那个封闭的控制舱中，穿着那件"太空服"，画面凝固着，是以前录下来的。

"是为了她来的吧？"主任说，眼睛还看着屏幕。

"她到底在哪儿?！"我大声问。

"你可能已经猜到了，她是'落日六号'的领航员。"

一切都明白了，我无力地跌坐在地毯上。

"落日工程"原计划发射十艘飞船，它们是"落日一号"到"落日十号"，但计划由于"落日六号"的失事而中断了。"落日工程"是一次标准的探险航行，它的航行程序同航天中心的其他航行几乎一样。

唯一不同的是，"落日"飞船不是飞向太空，而是潜入地球深处。

第一次太空飞行一个半世纪后，人类开始了向相反方向的探险，"落日"系列地航飞船就是这种探险的首次尝试。

四年前，我在电视中看到过"落日一号"发射时的情景。那时正是深夜，吐鲁番盆地的中央出现了一个如太阳般耀眼的火球，火球的光芒使新疆夜空中的云层变成了绚丽的朝霞。当火球暗下来时，"落日一号"已潜入地层。大地被烧红了一大片，这片圆形的发着红光的区域中央，是一个岩浆的湖泊，白热化的岩浆沸腾着，激起一根根雪亮的浪柱……那一夜，远至乌鲁木奇，都能感到飞船穿过地层时传到大地上的微微震动。

"落日工程"的前五艘飞船都成功地完成了地层航行，安全返回地面。其中"落日五号"创造了迄今为止人类在地层中航行深度的纪录：海平面下三千一百千米。"落日六号"不打算突破这个纪录。因为据地球物理学家的结论，在地层三千四百到三千五百千米深处，存在着地幔和地核的交界面，学术上把它叫作"古腾堡不连续面"，一旦通过这个交界面，便进入地球的液态铁镍核心，那里物质密度骤然增大，"落日六号"的设计强度是不允许在如此大的密度中航行的。

"落日六号"的航行开始很顺利，飞船只用了两个小时便穿过了地壳和地幔的交界面——莫霍不连续面，并在大陆板块漂移的滑动面上停留了五个小时，然后开始了在地幔中三千多千米的漫长航行。宇宙航行是寂寞的，但宇航员们能看到无限的太空和壮丽的星群；而地航飞船上的领航员们，只能凭感觉触摸飞船周围不断向上移去的高密度物质。从飞船上的全息后视电视中能看到这样的情景：炽热的岩浆刺目地闪亮着，翻滚着，随着飞船的下潜，在船尾飞快地合拢起来，瞬间充满了飞船通过的空间。有一名领航员回忆：他们一闭上眼睛，就看到了飞快合拢并压下来的岩浆，这个幻象使航行者意识到压在他们上方那巨量的并不断增厚的物质，一种地面上的人难以理解的压抑感折磨着地航飞船中的每一个人，他们都受到这种封闭恐惧症的袭击。

"落日六号"出色地完成着航行中的各项研究工作。飞船的速度大约是每小时十五千米，飞船需要航行二十小时才能到达预定深度。但在飞船航行十五小时四十分钟时，警报出现了。从地层雷达的探测中得知，航行区的物质密度由每立方厘米 6.3 克猛增到 9.5 克，物质成分由硅酸盐类突然变为以铁镍为主的金属，物质状态也由固态变为液态。尽管"落日六号"当时只到达了两千五百千米的深度，可所有的迹象却冷酷地表明，他们闯入了地核！后来得知，这是地幔中一条通向地核的裂隙。地核中的高压液态铁镍充满了这条裂隙，使得在"落日六号"的航线上，古腾堡不连续面向上延伸了近一千千米！飞船立刻紧急转向，企图冲出这条裂隙，不幸就在这时发生了：由中子材料制造的船体顶住了突然增加到每平方厘米一千六百吨的巨大压力，但是，飞船分为前部烧熔发动机、中部主舱和后部推进发动机三大部分，当飞船在远大于设计密度和设计压力的液态铁镍中转向时，烧熔发动机与主舱接合部断裂，从"落日六号"用中微子通信发回的画面中我们看到，已与船体分离的烧熔发动机在一瞬间被发着暗红光的液态铁镍吞没了。地层飞船的烧熔发动机用超高温射流为飞船切开航行方向的物质，没有它，只剩下一台推进发动机的"落日六号"在地层中是寸步难行的。地核的密度很惊人，但构成飞船的中子材料密度更大，液态铁镍对飞船产生的浮力小于它的自重，于是，"落日六号"便向地心沉下去。

人类登月后，用了一个半世纪才有能力航行到土星。在地层探险方面，人类也要用同样的时间才有能力从地幔航行到地核。现在地航飞船误入地核，就如同 20 世纪中期的登月飞船偏离月球迷失于外太空,获救的希望是丝毫不存在的。

好在"落日六号"主舱的船体是可靠的,船上的中微子通信系统仍和地面控制中心保持着完好的联系。以后的一年中,"落日六号"航行组坚持工作,把从地核中得到的大量宝贵资料发送到地面。他们被裹在几千千米厚的物质中,这里别说空气和生命,连空间都没有,周围是温度高达五千摄氏度、压力可以把碳在一秒钟内变成金刚石的液态铁镍!它们密密地挤在"落日六号"的周围,密得只有中微子才能穿过,"落日六号"处于一个巨大的炼炉中!在这样的世界里,《神曲》中的《地狱篇》像是在描写天堂了;在这样的世界里,生命算什么?仅仅能用脆弱来描写它吗?

沉重的心理压力像毒蛇一样撕裂着"落日六号"领航员们的神经。一天,船上的地质工程师从睡梦中突然跃起,竟打开了他所在的密封舱的绝热门!虽然这只是四道绝热门中的第一道,但瞬间涌入的热浪立刻把他烧成了炭。指令长在一个密封舱飞快地关上了绝热门,避免了"落日六号"的彻底毁灭。他自己被严重烧伤,在写完最后一页航行日志后死去了。

从那以后,在这个星球的最深处,在"落日六号"上,只剩下她一个人了。

现在,"落日六号"内部已完全处于失重状态,飞船已下沉到六千八百千米深处,那里是地球的最深处,她是第一个到达地心的人。

她在地心的世界是那个活动范围不到十平方米的闷热的控制舱。飞船上有一个中微子传感眼镜，这个装置使她同地面世界多少保持着一些感性的联系。但这种如同生命线的联系不能长时间延续下去，飞船里中微子通信设备的能量很快就要耗尽，现有的能量已不能维持传感眼镜的超高速数据传输，这种联系在三个月前就中断了，具体时间是在我从草原返回航天中心的飞机上，当时我已把她的眼睛摘下来放到旅行包中。

那个没有日出的细雨蒙蒙的草原早晨，竟是她最后看到的地面世界。

后来"落日六号"同地面只能保持着语音和数据通信，而这个联系也在一天深夜中断了，她被永远孤独地封闭于地心中。

"落日六号"的中子材料外壳足以抵抗地心的巨大压力，而飞船上的生命循环系统还可以运行五十至八十年，她将在这不到十平方米的地心世界里度过自己的余生。

我不敢想象她同地面世界最后告别的情形，但主任让我听的录音出乎我的意料。这时来自地心的中微子波束已很弱，她的声音时断时续，但这声音很平静。

"……你们发来的最后一份补充建议已经收到，今后，我会按照整个研究计划努力工作的。将来，可能是几代人以后吧，也许会有地心飞船找到'落日六号'并同它对接，有人会再次进入这里,但愿那时我留下的资料会有用。请你们放心,我会在这里安排好自己的生活。我现在已适应这里,不再觉得狭窄和封闭了,整个世界都围着我呀,我闭上眼睛就能看见上面的大草原,还可以清楚地看见每一朵我起了名字的小花呢。再见。"

透明地球

在以后的岁月中,我到过很多地方,每到一处,我都喜欢躺在那里的大地上。我曾经躺在海南岛的海滩上、阿拉斯加的冰雪上、俄罗斯的白桦林中、撒哈拉烫人的沙漠上……每到那个时刻,地球在我脑海中就变得透明了,在我下面六千多千米深处,在这巨大的水晶球中心,我看到了停泊在那里的"落日六号"地航飞船,感受到了从几千千米深的地球中心传出的她的心跳。我想象着金色的阳光和银色的月光透射到这个星球的中心,我听到了那里传出她吟唱的《月光》,还听到她那轻柔的话音:"……多美啊,这又是另一种音乐了……"

有一个想法安慰着我:不管走到天涯海角,我离她都不会再远了。

微 纪 元

回 归

　　先行者知道，他现在是全宇宙中唯一的一个人了。他是在飞船越过冥王星时知道的，从这里看去，太阳是一颗暗淡的星星，同三十年前他飞出太阳系时没有两样。但飞船计算机刚刚进行的视行差测量告诉他，冥王星的轨道外移了许多，由此可以计算出太阳比他启程时损失了 4.74% 的质量，由此又可推论出另外一个使他的心先是颤抖然后冰冻的结论。

　　那事已经发生过了。

　　其实，在他启程时人类已经知道那事要发生了，通过发射上万个穿过太阳的探测器,天体物理学家们确定了太阳将要发生一次短暂的能量闪烁,并损失大约 5% 的质量。

如果太阳有记忆,它不会对此感到不安,在几十亿年的漫长生涯中,它曾经历过比这大得多的剧变。当它从星云的旋涡中诞生时,它的生命的剧变是以毫秒为单位的,在那辉煌的一刻,引力的坍缩使核聚变的火焰照亮星云混沌的黑暗……它知道自己的生命是一个过程,尽管现在处于这个过程中最稳定的时期,偶然的、小小的突变总是免不了的,就像平静的水面上不时有一个小气泡浮起并破裂。能量和质量的损失算不了什么,它还是它,一颗中等大小、视星等为 -26.8 的恒星。甚至太阳系的其他部分也不会受到太大的影响,水星可能被熔化,金星稠密的大气将被剥离,再往外围的行星所受的影响就更小了,火星颜色可能由于表面的熔化而由红变黑,地球嘛,只不过表面温度升高至四千摄氏度,这可能会持续一百小时左右,海洋肯定会被蒸发,各大陆表面岩石也会熔化一层,但仅此而已。以后,太阳又将很快恢复原状,但由于质量的损失,各行星的轨道会稍微后移,这影响就更小了,比如地球,气温可能稍稍下降,平均降到零下一百一十摄氏度左右,这有助于熔化的表面重新凝结,并多少保留一些水和大气。

那时人们常谈起一个笑话,说的是一个人同上帝的对话——

上帝啊,一万年对你是多么短啊!上帝说:就一秒钟。

上帝啊，一亿元对你是多么少啊！上帝说：就一分钱。上帝啊，给我一分钱吧！上帝说：请等一秒钟。

现在，太阳让人类等了"一秒钟"：预测能量闪烁的时间是在一万八千年之后。

这对太阳来说确实只是一秒钟，但却可以使目前活在地球上的人类对"一秒钟"后发生的事采取一种超然的态度，甚至当作一种哲学理念。影响不是没有的，人类一天天变得玩世不恭起来，但人类至少还有四五百代的时间可以从容不迫地想想逃生的办法。

两个世纪以后，人类采取了第一个行动：发射了一艘恒星际飞船，在周围一百光年以内寻找带有可移民行星的恒星。飞船被命名为"方舟号"，这批宇航员都被称为先行者。

"方舟号"掠过了六十颗恒星，也是掠过了六十个地狱。其中的一颗恒星有一颗卫星，那是一滴直径八千千米的处于白炽状态的铁水。因其系液态，在运行中不断地改变着形状……"方舟号"此行唯一的成果，就是进一步证明了人类的孤独。

"方舟号"航行了二十三年时间，但这是"方舟时间"，由于飞船以接近光速行驶，地球时间已过了两万五千年。

本来"方舟号"是可以按预定时间返回的。

由于在接近光速时无法同地球通信，必须把速度降至光速的一半以下，这需要消耗大量的能量和时间。所以，"方舟号"一般每月减速一次，接收地球发来的信息，而当它下一次减速时，收到的已是地球一百多年后发出的信息了。"方舟号"和地球的时间，就像从高倍瞄准镜中看目标一样，瞄准镜稍微移动一下，镜中的目标就跨越了巨大的距离。"方舟号"收到的最后一条信息是在"方舟时间"自启航十三年，地球时间自启航一万七千年时从地球发出的，"方舟号"一个月后再次减速，发现地球方向已寂静无声了。一万多年前对太阳的计算可能稍有误差，在"方舟号"这一个月，地球这一百多年间，那事发生了。

"方舟号"真成了一艘方舟，但已是一艘只有诺亚一人的方舟。其他的七名先行者，有四名死于一颗在飞船四光年处突然爆发的新星的辐射，两人死于疾病，一人（是男人）在最后一次减速通信时，听着地球方向的寂静开枪自杀了。

以后，这唯一的先行者曾使"方舟号"很长时间保持在可通信速度，后来他把飞船加速到光速，心中那微弱的希望之火又使他很快把速度降下来聆听，由于减速越来越频繁，回归的行程拖长了。

寂静仍持续着。

"方舟号"在地球时间启程二万五千年后回到太阳系，比预定时间晚了九千年。

纪 念 碑

穿过冥王星轨道后,"方舟号"继续飞向太阳系深处,对于一艘恒星际飞船来说,在太阳系中的航行如同海轮行驶在港湾中。太阳很快大了亮了,先行者曾从望远镜中看了一眼木星,发现这颗大行星的表面已面目全非,大红斑不见了,风暴纹似乎更加混乱。他没再关注别的行星,径直飞向地球。

先行者用颤抖的手按动了一个按钮,高大舷窗的不透明金属窗帘正在缓缓打开。啊,我的蓝色水晶球,宇宙的蓝眼珠,蓝色的天使……先行者闭起双眼默默祈祷着,过了很长时间,才强迫自己睁开双眼。

他看到了一个黑白相间的地球。

黑色的是熔化后又凝结的岩石,那是墓碑的黑色;白色的是蒸发后又冻结的海洋,那是殓布的白色。

"方舟号"进入低轨道,从黑色的大陆和白色的海洋上空缓缓越过,先行者没有看到任何遗迹,一切都被熔化了,文明已成过眼烟云。

但总该留个纪念碑的,一座能耐四千摄氏度高温的纪念碑。

先行者正这么想,纪念碑就出现了。飞船收到了从地面发上来的一束视频信号,计算机把这信号显示在屏幕上,先行者首先看到了用耐高温摄像机拍下的两千多年前的大灾难景象。能量闪烁时,太阳并没有像他想象的那样亮度突然增强,太阳迸发出的能量主要以可见光之外的辐射传出。他看到,蓝色的天空突然变成地狱般的红色,接着又变成噩梦般的紫色;他看到,纪元城市中他熟悉的高楼群在几千摄氏度的高温中先是冒出浓烟,然后像火炭一样发出暗红色的光,最后像蜡一样熔化了;灼热的岩浆从高山上流下,形成一道道巨大的瀑布,无数道这样的瀑布又汇成一条条发着红光的岩浆的大河,大地上火流的洪水在泛滥;原来是大海的地方,只有蒸汽形成的高大的蘑菇云,这形状狰狞的云山下部映射着岩浆的红色,上部透出天空的紫色,蘑菇云在急剧扩大,很快一切都消失在这蒸汽中……

当蒸汽散去,又能看到景物时,已是几年以后了。这时,大地已从烧熔状态初步冷却,黑色的波纹状岩石覆盖了一切。还能看到岩浆河流,它们在大地上形成了错综复杂的火网。人类的痕迹已完全消失,文明如梦一样无影无踪了。又过了几年,水在高温状态下离解成的氢氧又重新化合成水,大暴雨从天而降,灼热的大地上再次蒸汽弥漫,这时的世界就像在一个大蒸锅中一样阴暗、闷热和潮湿。暴雨连下几十年,大地被进一步冷却,海洋渐渐恢复了。又过了上百年,因海水蒸发形成的阴云终于散去,天空现出蓝色,太阳再次出现了。再后来,由于地球轨道外移,气温急剧下降，大海完全冻结，天空万里无云，已死去的世界在严寒中变得无比宁静。

先行者接着看到了一个城市的图像：先看到如林的细长的高楼群，镜头从高楼群上方降下去，出现了一个广场，广场上一片人海。镜头再下降，先行者看到所有的人都在仰望着天空。镜头最后停在广场正中的一个平台上，平台上站着一个漂亮姑娘，好像只有十几岁，她在屏幕上冲着先行者挥挥手，娇滴滴地喊："喂，我们看到你了，像一颗飞得很快的星星！你是'方舟一号'？"

在旅途的最后几年，先行者的大部分时间是在虚拟现实游戏中度过的。在那个游戏中，计算机接收玩者的大脑信号，根据玩者思维构筑一个三维画面，画面中的人和物还可根据玩者的思想做出有限的反应。先行者曾在寂寞中构筑过从家庭到王国的无数个虚拟世界，所以现在他一眼就看出这是一幅这样的画面。但这个画面造得很拙劣，由于大脑中思维的飘忽性，这种由想象构筑的画面总有些不对的地方，但眼前这个画面中的错误太多了：首先，当镜头移过那些摩天大楼时，先行者看到有很多人从楼顶窗子中钻出，径直从几百米高处跳下来，经过让人头晕目眩的下坠，这些人都平安无事地落到地上；同时，地上有许多人一跃而起，像会轻功似的一下就跃上几层楼的高度，然后他们的脚踏上了楼壁伸出的一小块踏板上（这样的踏板每隔几层就有一个，好像专门为此而设），再一跃，又飞上几层，就这样一直跳到楼顶，从某个窗子中钻进去。仿佛这些摩天大楼都没有门和电梯，人们就是用这种方式进出的。

当镜头移到那个广场平台上时，先行者看到人海中出现了几个用线吊着的水晶球，那球直径可能有一米多。有人把手伸进水晶球，很轻易地抓出水晶球的一部分，在他们的手移出后，晶莹的球体立刻恢复原状，而人们抓到手中的那部分立刻变成了一个小水晶球，那些人就把那个透明的小球扔进嘴里……除了这些明显的谬误外，有一点最能反映设计这幅计算机画面的人思维的混乱：在这城市的所有空间，都飘浮着一些奇形怪状的物体，它们大的有两三米，小的也有半米，有的像一块破碎的海绵，有的像一根弯曲的大树枝，那些东西缓慢地飘浮着，有一根大树枝飘向平台上的那个姑娘，她轻轻推开了它，那大树枝又打着转儿向远处飘去……先行者理解这些，在一个濒临毁灭的世界中，人们是不会有清晰和正常的思维的。

这可能是某种自动装置，在大灾难前被人们深埋地下，躲过了高温和辐射，后来又自动升到这个已经毁灭的地面世界上。这装置不停地监视着太空，监测到零星回到地球的飞船时就自动发射那个画面，给那些幸存者以这样糟糕透顶又滑稽可笑的安慰。

"这么说，后来又发射过'方舟'飞船？"先行者问。

"当然，又发射了十二艘呢！"那姑娘说。且不说这个荒诞变态的画面的其他部分，这个姑娘造得倒是真不错，她那融合东西方精华的姣好的面容露出一副无比天真的样子，仿佛她仰望的整个宇宙是一个大玩具。那双大眼睛好像会唱歌，还有她的长发，好像失重似的永远飘在半空不落下，使得她看上去像身处海水中的美人鱼。

"那么，现在还有人活着吗？"先行者问，他最后的希望像野火一样燃烧起来。

"您这样的人吗？"姑娘天真地问。

"当然是我这样的真人，不是你这样用计算机造出来的虚拟人。"

"前一艘'方舟号'是在七百三十年前回来的，您是最后一艘回归的'方舟号'了。请问您船上还有女人吗？"

"只有我一个人。"

"您是说没有女人了？"姑娘吃惊地瞪大了眼。

"我说过只有我一人。在太空中还有没回来的其他飞船吗？"

姑娘把两只白嫩的小手儿在胸前绞着："没有了！我好难过好难过啊，您是最后一个这样的人了，如果，呜呜……如果不克隆的话……呜呜……"这美人儿捂着脸哭起来，广场上的人群也是一片哭声。

先行者的心如沉海底，人类的毁灭最后被证实了。

"您怎么不问我是谁呢？"姑娘又抬起头来仰望着他说，她又恢复了那副天真神色，好像转眼忘了刚才的悲伤。

"我没兴趣。"

姑娘娇滴滴地大喊："我是地球领袖啊！"

"对，她是地球联合政府的最高执政官！"下面的人也都一起闪电般地由悲伤转为兴奋，这真是个拙劣到家的仿制品。

先行者不想再玩这种无聊的游戏了，他起身要走。

"您怎么这样？首都的全体公民都在这儿迎接您，前辈，您不要不理我们啊！"姑娘带着哭腔喊。

先行者想起了什么，转过身来问："人类还留下了什么？"

"照我们的指引着陆，您就会知道！"

首　都

先行者进入着陆舱，把"方舟号"留在轨道上，在那束信息波的指引下开始着陆。

他戴着一副视频眼镜，可以从其中的一个镜片上看到信息波传来的那个画面。

"前辈，您马上就要到达地球首都了，这虽然不是这个星球上最大的城市，但肯定是最美丽的城市，您会喜欢的！不过您的落点要离城市远些，我们不希望受到伤害……"

画面上那个自称地球领袖的女孩儿还在喋喋不休。

先行者在视频眼镜中换了一个画面，显示出着陆舱正下方的区域，现在高度只有一万多米了，下面是一片黑色的荒原。

后来，画面上的逻辑更加混乱起来，也许是几千年前那个画面的构造者情绪沮丧到了极点，也许是发射画面的计算机的内存在这几千年的漫长岁月中老化了。画面上，那姑娘开始唱起歌来：

    啊，尊敬的使者，你来自宏纪元！
    辉煌的宏纪元，
    伟大的宏纪元，
    美丽的宏纪元，
    你是烈火中消逝的梦……

这个漂亮的歌手唱着唱着开始跳起来，她一下从平台跳上几十米的半空，落到平台上后又一跳，居然飞越了大半个广场，落到广场边的一座高楼顶上；又一跳，飞过整个广场，落到另一边，看上去像一只迷人的小跳蚤。她有一次在空中抓住一根几米长的奇形怪状的飘浮物，那根大树干载着她在人海上空盘旋，她优美地扭动着苗条的身躯。

下面的人海沸腾起来，所有人都大声合唱："宏纪元，宏纪元……"每个人轻轻一跳就能升到半空，以至于整个人群看起来如撒到震动鼓面上的一片沙子。

先行者实在受不了了,他把声音和图像一起关掉。他现在知道,大灾难前的人们嫉妒他们这些跨越时空的幸存者,所以做了这些变态的东西来折磨他们。但过了一会儿,当那画面带来的烦恼消失一些后,当感觉到着陆舱接触地面的震动时,他产生了一个幻觉:也许他真的降落在一个在高空中看不清楚的城市中?当他走出着陆舱,站在那一望无际的黑色荒原上时,幻觉消失,失望使他浑身冰冷。

先行者小心地打开宇宙服的面罩,一股寒气扑面而来,空气很稀薄,但能维持人的呼吸。气温在零下四十摄氏度左右。天空呈一种大灾难前黎明或黄昏时的深蓝色,但现在太阳正在上空照耀着,先行者摘下手套,没有感到它的热力。由于空气稀薄,阳光散射较弱,天空中只能看到几颗较亮的星星。脚下是刚凝结了两千年左右的大地,到处可见岩浆流动的波纹形状,地面虽已开始风化,但仍然很硬,土壤很难见到。这带波纹的大地伸向天边,其间有一些小小的丘陵。在另一个方向,可以看到冰封的大海在地平线处闪着白光。

先行者仔细打量四周,看到了信息波的发射源,那儿有一个镶在地面岩石中的透明半球护面,直径大约有一米,半球护面下似乎扣着一片很复杂的结构。他还注意到远处的地面上还有几个这样的透明半球,相互之间相隔二三十米,像地面上的几个大水泡,反射着阳光。

先行者又在他的左镜片中打开了画面,在计算机的虚拟世界中,那个恬不知耻的小骗子仍在那根飘浮在半空中的大树枝上忘情地唱着、扭着,并不时地向他送飞吻,下面广场上所有的人都在向他欢呼。

……
宏伟的宏纪元!
浪漫的宏纪元!
忧郁的宏纪元!
脆弱的宏纪元!
……

先行者麻木地站着,深蓝色的苍穹中,明亮的太阳和晶莹的星星在闪耀,整个宇宙围绕着他——最后一个人类。

孤独像雪崩一样埋住了他,他蹲下来,捂住脸抽泣起来。

歌声戛然而止,虚拟画面中的所有人都关切地看着他,那姑娘骑在半空中的大树枝上,嫣然一笑。

"您对人类就这么没信心吗?"

这话中有一种东西使先行者浑身一震,他真的感觉到了什么,站起身来。他突然注意到,左镜片画面中的城市暗了下来,仿佛阴云在一秒钟内遮住了天空。他移动脚步,城市立即亮了起来。他走近那个透明的半球,俯身向里面看,他看不清里面那些密密麻麻的细微结构,但他看到左镜片中的画面上，城市的天空立刻被一个巨大的东西占据了。

那是他的脸。

"我们看到您了！您能看清我们吗？去拿个放大镜吧！"姑娘大叫起来，广场上再次沸腾起来。

先行者明白了一切。他想起了那些跳下高楼的人们，在微小环境下，重力是不会造成伤害的，同样，在那样的尺度下，人也可以轻而易举地跃上几百米（几百微米？）的高楼。那些大水晶球实际上就是水，在微小的尺度下，水的表面张力处于统治地位，那是一些小水珠，人们从这些水珠中抓出来喝的水珠无疑就更小了。城市空间中飘浮的那些看上去有几米长的奇怪东西，包括载着姑娘飘浮的大树枝，只不过是空气中细微的灰尘。

那个城市不是虚拟的，它就像两万五千年前人类的所有城市一样真实，它就在这个直径一米的半球形透明玻璃罩中。

人类还在，文明还在。

在微型城市中，飘浮在树枝上的姑娘——地球联合政府最高执政官，向几乎占满整个宇宙的先行者自信地伸出手来。

"前辈，微纪元欢迎您！"

微 人 类

"在大灾难到来前的一万七千年中，人类想尽了逃生的办法，其中最容易想到的是恒星际移民，但包括您这艘在内的所有'方舟'飞船都没有找到带有可居住行星的恒星。即使找到了，以大灾难前一个世纪人类的宇航技术，连移民千分之一的人类都做不到。另一个设想是移居到地层深处，躲过太阳能量闪烁后再出来。但这不过是拖长死亡的过程而已，大灾难后地球的生态系统将被完全摧毁，养活不了人类的。

"有一段时间，人们几乎绝望了。但某位基因工程师的脑海中闪现了一个火花——如果把人类的体积缩小十亿倍会怎么样？这样人类社会的尺度也缩小了十亿倍，只要有很微小的生态系统，消耗很微小的资源就可生存下来。很快全人类都意识到这是拯救人类文明唯一可行的办法。这个设想是以两项技术为基础的—— 其一是基因工程，在修改人类基因后，人类将缩小至十微米左右，只相当于一个细胞大小，但其身体的结构完全不变。做到这点是完全可能的，人和细菌的基因本来就没有太大的差别；另一项是纳米技术，这是一项在 20 世纪就发展起来的技术，那时人们已经能造出细菌大小的发电机了，后来人们可以用纳米尺度造出从火箭到微波炉的一切设备，只是那些纳米工程师做梦都不会想到他们的产品的最后用途。

"培育第一批微人类似于克隆——从一个人类细胞中抽取全部遗传信息,然后培育出同主体一模一样的微人,但其体积只是主体的十亿分之二。以后他们就同宏人(微人对你们的称呼,他们还把你们的时代叫作宏纪元)一样生育后代了。

"第一批微人的亮相极富戏剧性,有一天,大约是您的飞船启航后一万二千五百年吧,全球的电视上都出现了一个教室,教室中有三十个孩子在上课,画面极其普通,孩子是普通的孩子,教室是普通的教室,看不出任何特别之处。但镜头拉开,人们发现这个教室是放在显微镜下拍摄的……"

"我想问,"先行者打断最高执政官的话,"以微人这样微小的大脑,能达到宏人的智力吗?"

"那么您认为我是个傻瓜了?鲸鱼也并不比您聪明!智力不是由大脑的大小决定的,以微人大脑中的原子数目和它们的量子状态的数目来说,其信息处理能力是同宏人大脑一样绰绰有余的……嗯,您能请我们到那艘大飞船里去转转吗?"

"当然,很高兴,可……怎么去呢?"

"请等我们一会儿!"

于是,最高执政官跳上了半空中一个奇怪的飞行器,那飞行器就像一片带螺旋桨的大羽毛。接着,广场上的其他人也都争着向那片"羽毛"上跳。这个社会好像完全没有等级观念,那些从人海中随机跳上来的人肯定是普通平民,他们有老有少,但都像最高执政官姑娘一样一身孩子气,兴奋地吵吵闹闹。这片"羽毛"上很快挤满了人,空中不断出现新的"羽毛",每片刚出现,就立刻挤满了跳上来的人。最后,城市的天空中飘浮着几百片载满微人的"羽毛",它们在最高执政官那片"羽毛"的带领下,浩浩荡荡向一个方向飞去。

先行者再次伏在那个透明半球上方,仔细地观察着里面的微城市。这一次,他能分辨出那些摩天大楼了,它们看上去像一片密密麻麻的直立的火柴棍。先行者穷极自己的目力,终于分辨了那些像羽毛的交通工具,它们像一杯清水中漂浮的细小的白色微粒,如果不是几百片一群,根本无法分辨出来。凭肉眼看到人是不可能的。

在先行者视频眼镜的左镜片中,那由一个微人摄像师用小得无法想象的摄像机实况拍摄的画面仍很清晰,现在那摄像师也在一片"羽毛"上。先行者发现,在微城市的交通中,碰撞是一件随时都在发生的事。那群快速飞行的"羽毛"不时互相撞在一起,撞在空中飘浮的巨大尘粒上,甚至不时迎面撞到高耸的摩天大楼上!但飞行器和它的乘员都安然无恙,似乎没有人去注意这种碰撞。其实这是个初中生都能理解的物理现象:物体的尺度越小,整体强度就越高,两辆自行车碰撞与两艘万吨巨轮碰撞的后果是完全

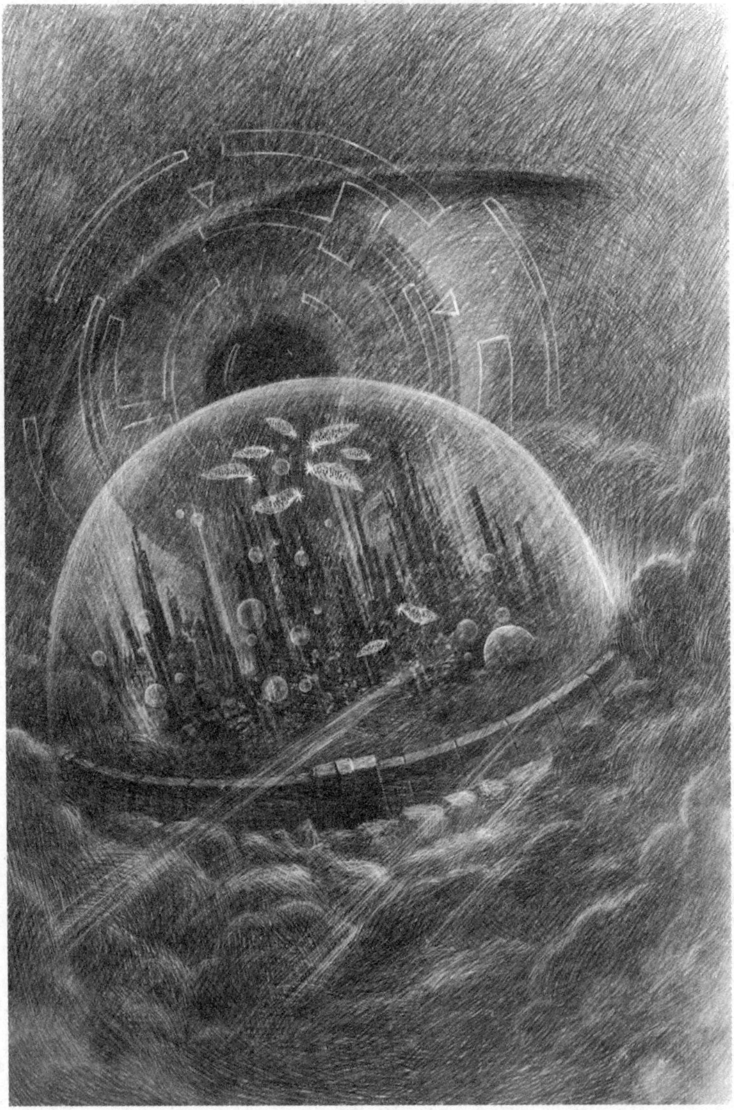

先行者再次伏在那个透明半球上方,仔细地观察着里面的微城市。这一次,他能分辨出那些摩天大楼了,它们看上去像一片密密麻麻的直立的火柴棍。

不一样的，如果两粒尘埃相撞，它们会毫无损伤。微世界的人们似乎都有金刚之躯，毫不担心自己会受伤。当"羽毛"群飞过时，旁边的摩天大楼上不时有人从窗中跃出，想跳上其中的一片，这并不总是能成功的，于是那人就从几百米处开始了令先行者头晕目眩的下坠，而那些下坠中的微人，还在神情自若地同经过的大楼窗子中的熟人打招呼！

"呀，您的眼睛像黑色的大海，好深好深，带着深深的忧郁呢！您的忧郁罩住了我们的城市，您把它变成一个博物馆了！呜呜呜……"最高执政官又伤心地哭了起来，其他人也都同她一起哭，任他们乘坐的"羽毛"在摩天大楼间撞来撞去。

先行者也从左镜片中看到了城市的天空中自己那双巨大的眼睛，那放大了上亿倍的忧郁深深震撼了他自己。"为什么是博物馆呢？"先行者问。

"因为只有在博物馆中才有忧郁，微纪元是无忧无虑的纪元！"地球领袖高声欢呼，尽管泪滴还挂在她那娇嫩的脸上，但她已完全没有悲伤的痕迹了。

"我们是无忧无虑的纪元！"其他人也都忘情地欢呼起来。

先行者发现，微纪元人类的情绪变化比宏纪元快上百倍，这变化主要表现在悲伤和忧郁这类负面情绪上，他们能在一瞬间从这种情绪中跃出。还有一个发现让他更惊奇：由于这类负面情绪在这个时代十分少见，以至于微人们把它当成了稀罕物，一有机会就迫不及待地去体验。

"您不要像孩子那样忧郁，您很快就会发现，微纪元没有什么可忧虑的！"

这话使先行者万分惊奇，他早看到微人的精神状态很像宏时代的孩子，但孩子的精神状态还要夸张许多倍才真正像他们。"你是说，在这个时代，人们越长越……越幼稚？"

"我们越长越快乐！"领袖女孩儿说。

"对，微纪元是越长越快乐的纪元！"众人大声应和着。

"但忧郁也是很美的，像月光下的湖水，它代表着宏时代的田园爱情，呜呜呜……"地球领袖又大放悲声。

"对，那是一个多美的时代啊！"其他微人也眼泪汪汪地附和着。

先行者笑起来："你们根本不知道什么是忧郁，小人儿，真正的忧郁是哭不出来的。"

"您会让我们体验到的！"最高执政官又恢复到兴高采烈的状态。

"但愿不会。"先行者轻轻地叹息说。

"看，这就是宏纪元的纪念碑！"当"羽毛"群飞过另一个城市广场时，最高执政官介绍说。先行者看到那个纪念碑是一根粗大的黑色柱子，有过去的巨型电视塔那么粗，表面光滑，高耸入云，他看了好长时间才明白，那是一根宏人的头发。

宴 会

"羽毛"群从半球形透明罩上的一个看不见的出口飞了出来,这时,最高执政官在视频画面中对先行者说:"我们距您那个飞行器有一百多千米呢,我们还是落到您的手指上,您把我们带过去要快些。"

先行者回头看看身后不远处的着陆舱,心想他们可能把计量单位也都微缩了。他伸出手指,"羽毛"群落了上来,看上去像是在手指上飘落了一小片细小的白色粉末。

先行者从视频画面中看到,自己的指纹如一道道半透明的山脉,降落在其上的"羽毛"飞行器显得很小。最高执政官第一个从"羽毛"上跳下来,立刻摔了个四脚朝天。

"太滑了,您是油性皮肤!"她抱怨着,脱下鞋子远远地扔出去,光着脚丫好奇地来回转着,其他人也都下了"羽毛",手指上的半透明山脉间出现了一片人海。

先行者粗略估计了一下,他的手指上现在有一万多人!

先行者站起来,伸着手指小心翼翼地向着陆舱走去。

刚进入着陆舱,微人群中就有人大喊:"哇,看那金属的天空,人造的太阳!"

"别大惊小怪,像个白痴!这只是小渡船,上面那个才大呢!"最高执政官训斥道,但她自己也惊奇地四下张望,然后又同众人一起唱起那支奇怪的歌来:

辉煌的宏纪元，

伟大的宏纪元，

忧郁的宏纪元，

你是烈火中消逝的梦……

在着陆舱飞向"方舟号"的途中，地球领袖继续讲述微纪元的历史。

"微人社会和宏人社会共存了一个时期，在这段时间里，微人完全掌握了宏人的知识，并继承了他们的文化。同时，微人在纳米技术的基础上，发展起了一个十分先进的技术文明。这宏纪元向微纪元过渡的时期大概有，嗯，二十代人左右吧。

"后来，大灾难临近，宏人不再进行传统生育了，他们的数量一天天减少；而微人的人口飞快增长，社会规模急剧增大，很快超过了宏人。这时，微人开始要求接管世界政权，这在宏人社会中激起了轩然大波，顽固派们拒绝交出政权，用他们的话说，怎么能让一帮细菌领导人类。于是，在宏人和微人之间爆发了一场世界大战！"

"那对你们可太不幸了！"先行者同情地说。

"不幸的是宏人，他们很快就被击败了。"

"这怎么可能呢？他们一个人用一把大锤就可以捣毁你们一座上百万人的城市。"

"可微人不会在城市里同他们作战的。宏人的那些武器对付不了微人这样看不见的敌人,他们能使用的唯一武器就是消毒剂,而他们在整个文明史上一直用这东西同细菌作战,最后也并没有取得胜利。他们现在要战胜的是跟他们智力一样的微人,取胜就更没可能了。他们看不到微人军队的调动,而微人可以轻而易举地在他们眼皮底下腐蚀掉他们的计算机的芯片,没有计算机,他们还能干什么呢?大不等于强大。"

"现在想想是这样。"

"那些战犯得到了应有的下场,几千名微人的特种部队带着激光钻头空降到他们的视网膜上……"领袖女孩儿恶狠狠地说。

"战后,微人取得了世界政权,宏纪元结束了,微纪元开始了!"

"真有意思!"

登陆舱进入了近地轨道上的"方舟号",微人们乘着"羽毛"四处观光,这艘飞船之巨大令微人们目瞪口呆。先行者本想从他们那里听到赞叹的话,但最高执政官这样告诉他自己的感想:"现在我们知道,就是没有太阳的能量闪烁,宏纪元也会灭亡的。你们对资源的消耗是我们的几亿倍!"

"但这艘飞船能够以接近光速的速度飞行,可以到达几百光年远的恒星,小人儿,这件事,只能由巨大的宏纪元来做。"

"我们目前确实做不到，我们的飞船目前只能达到光速的十分之一。"

"你们能宇宙航行？"先行者大惊失色。

"当然不如你们。微纪元的飞船队最远到达金星，刚收到他们的信息，说那里现在比地球更适合居住。"

"你们的飞船有多大？"

"大的有你们时代的……嗯……足球那么大，可运载十几亿人；小的嘛，只有高尔夫球那么大，当然是宏人的高尔夫球。"

现在，先行者最后的一点优越感荡然无存了。

"前辈，您不请我们吃点什么吗？我们饿了！"当所有"羽毛"飞行器重新聚集到"方舟号"的控制台上时，地球领袖代表所有人提出要求，几万个微人在控制台上眼巴巴地看着先行者。

"我从没想到会请这么多人吃饭。"先行者笑着说。

"我们不会让您太破费的！"女孩儿怒气冲冲地说。

先行者从贮藏舱拿出一听午餐肉罐头，打开后，用小刀小心地剜下一小块，放到控制台上那一万多人的旁边。他能看到他们所在的位置，那是控制台上一小块比硬币大些的圆形区域，那区域只是光滑度比周围差些，像在上面呵了口气一样。

"怎么拿出这么多？这太浪费了！"地球领袖指责道。从视频眼镜中可以看到，在她身后，人们拥向一座巍峨的肉山，从那粉红色的山体里抓出一块块肉来大吃着。再看看控制台上，那小块肉丝毫不见减少。眼镜屏幕上，拥挤的人群很快散开了，有人还把没吃完的肉扔掉，领袖女孩儿拿起一块咬了一口的肉摇摇头。

"不好吃。"她评论说。

"当然，这是生态循环机中合成的，味道肯定好不了。"先行者充满歉意地说。

"我们要喝酒！"地球领袖又提出要求，这又引起了微人们的一片欢呼。先行者吃惊不小，因为他知道酒是能杀死微生物的！

"喝啤酒吗？"先行者小心翼翼地问。

"不，喝苏格兰威士忌或莫斯科伏特加！"地球领袖说。

"茅台酒也行！"有人喊。

先行者还真有一瓶茅台酒，那是他自启航时一直保留在"方舟号"上，准备在找到新殖民行星时喝的。他把酒拿出来，把那白色瓷瓶的盖子打开，小心地把酒倒在盖子中，放到人群的边上。他在眼镜屏幕上看到，人们开始攀登瓶盖那道似乎高不可攀的悬崖绝壁，光滑的瓶盖在微尺度下有大块的突出物，微人们用他们攀爬摩天大楼的本领很快攀到了瓶盖的顶端。

"哇，好美的大湖！"微人们齐声赞叹。从眼镜屏幕上，先行者看到那个广阔酒湖的湖面由于表面张力而呈巨大的弧形。微人记者的摄像机一直跟着最高执政官，这个女孩儿先用手去抓酒,但够不着,她接着坐到瓶盖沿上,用一只白嫩的小脚在酒面上划了一下,她的脚立刻包在一颗透明的酒珠里,她把脚伸上来,用手从脚上那颗大酒珠里抓出了一颗小酒珠,放进嘴里。

"哇,宏纪元的酒比微纪元的好多了。"她满意地点点头。

"很高兴我们还有比你们好的东西,不过你这样用脚够酒喝,太不卫生了。"

"我不明白。"她不解地仰望着他。

"你光脚走了那么长的路,脚上会有病菌什么的。"

"啊,我想起来了!"地球领袖大叫一声,从旁边一个随行者的手中接过一个箱子,她把箱子打开,从中取出一个活物,那是一个足球大小的圆家伙,长着无数只乱动的小腿,她抓着其中一只小腿把那东西举起来,"看,这是我们的城市送您的礼物!乳酸鸡!"

先行者努力回忆着他的微生物知识:"你说的是……乳酸菌吧!"

"那是宏纪元的叫法,这就是使酸奶好吃的动物,它是有益的动物!"

"有益的细菌。"先行者纠正说,"现在我知道细菌确实伤害不了你们,我们的卫生观念不适合微纪元。"

"那不一定,有些动物,呵呵,细菌,会咬人的,比如大肠杆狼,战胜它们需要体力,但大部分动物,像酵母猪,是很可爱的。"地球领袖说着,又从脚上取下一团酒珠送进嘴里。当她抖掉脚上剩余的酒球站起来时,已喝得摇摇晃晃了,舌头也有些打不过转来。

"真没想到人类连酒都没有失传!"

"我……我们继承了人类所有美好的东西,但那些宏人却认为我们无权代……代表人类文明……"地球领袖可能觉得天旋地转,又一屁股坐在地上。

"我们继承了人类所有的哲学,西方的、东方的、希腊的、中国的!"人群中有一个声音说。

地球领袖坐在那儿,向天空伸出双手大声朗诵着:"没人能两次进入同一条河流;道生一,一生二,二生三,三生万……万物!"

"我们欣赏凡·高的画,听贝多芬的音乐,演莎士比亚的戏剧!"

"活着还是死了,这是个……是个问题!"领袖女孩儿又摇摇晃晃站起,扮演起哈姆雷特来。

"但在我们的纪元,你这样的女孩儿是做梦也当不了世界领袖的。"先行者说。

"宏纪元是忧郁的纪元,有着忧郁的政治;微纪元是无忧无虑的纪元,需要快乐的领袖。"最高执政官说,她现在看起来清醒了许多。

"历史还没……没讲完,刚才讲到,哦,战争,宏人和微人间的战争,后来微人之间也爆发过一次世界大战……"

"什么?不会是为了领土吧?"

"当然不是，在微纪元，要是有什么取之不尽的东西的话，就是领土了。是为了一些……一些宏人无法理解的事，在一场最大的战役中，战线长达……哦，按你们的计量单位吧，一百多米，那是多么广阔的战场啊！"

"你们所继承的宏纪元的东西比我想象的多多了。"

"再到后来，微纪元就集中精力为即将到来的大灾难做准备了。微人用了五个世纪的时间，在地层深处建造了几千座超级城市，每座城市在您看来是一个直径两米的不锈钢大球，可居住上千万人。这些城市都建在地下八万千米深处……"

"等等，地球半径只有六千千米。"

"哦，我又用了我们的单位。那相当于你们的，嗯，八百米深吧！当太阳能量闪烁的征兆出现时，微世界便全部迁移到地下。然后，然后就是大灾难了。

"在大灾难后的四百年，第一批微人从地下城中沿着宽大的隧道（大约是宏人时代的自来水管的粗细）用激光钻透凝结的岩浆来到地面；又过了五个世纪，微人在地面上建起了人类的新世界，这个世界有上万个城市，一百八十亿人口。

"微人对人类的未来是乐观的，这种乐观之彻底、之毫无保留，是宏纪元的人们无法想象的。这种乐观的基础就是微纪元社会尺度的微小，这种微小使人类在宇宙中的生存能力增强了上亿倍。比如您刚才打开的那听罐头，够我们这座城市的全体居民吃一到两年,而那个罐头盒,又能满足这座城市一到两年的钢铁消耗。"

"作为一个宏纪元的人,我更能理解微纪元文明这种巨大的优势,这是神话,是史诗!"先行者由衷地说。

"生命进化的趋势是向小的方向,大不等于伟大,微小的生命更能同大自然保持和谐。巨大的恐龙灭绝了,同时代的蚂蚁却生存了下来。现在,如果有更大的灾难来临,一艘像您的着陆舱那样大小的飞船就可能把全人类运走,在太空中一块不大的陨石上,微人也能建立起一个文明,创造一种过得去的生活。"

先行者沉默了许久,对着他面前占据硬币般大小面积的微人人海庄严地说:"当我再次看到地球时,当我认为自己是宇宙中最后一个人时,我是全人类最悲哀的人,哀莫大于心死,没有人曾面对过那样让人心死的境地。但现在,我是全人类最幸福的人,至少是宏人中最幸福的人,我看到了人类文明的延续。其实用文明的延续来形容微纪元是不够的,这是人类文明的升华!我们都是一脉相传的人类,现在,我请求微纪元接纳我作为你们社会中一名普通的公民。"

"我们从探测到'方舟号'时就已经接纳您了,您可以到地球上生活,微纪元供应您一个宏人的生活还是不成问题的。"

"我会生活在地球上,但我需要的一切都能从'方舟号'上得到,飞船的生态循环系统足以维持我的残生了,宏人不能再消耗地球的资源了。"

"但现在情况正在好转,除了金星的气候正变得适于人类外,地球的气温也正在转暖,海洋正在融化,可能到明年,地球上很多地方将会下雨,将能生长植物。"

"说到植物,你们见过吗?"

"我们一直在保护罩内种植苔藓,那是一种很高大的植物,每个分支有十几层楼高呢!还有水中的小球藻……"

"你们听说过草和树木吗?"

"您是说那些像高山一样巨大的宏纪元植物吗?唉,那是上古时代的神话了。"

先行者微微一笑:"我要办一件事情,回来时,我将给你们看我送给微纪元的礼物,你们会很喜欢那些礼物的!"

新　生

先行者独自走进了"方舟号"上的一间冷藏舱,冷藏舱内整齐地摆放着高大的支架,支架上放着几十万个密封管,那是种子库,收藏了地球上几十万种植物的种子,这是"方舟号"准备带往遥远的移民星球上去的。还有几排支架,那是胚胎库,冷藏了地球上十几万种动物的胚胎细胞。

明年气候变暖时，先行者将到地球上去种草。这几十万类种子中，有生命力极强的能在冰雪中生长的草，它们肯定能在现在的地球上种活的。

只要地球的生态能恢复到宏时代的十分之一，微纪元就拥有了一个天堂中的天堂，事实上地球能恢复的可能远不止于此。先行者沉醉在幸福的想象之中，他想象着当微人们第一次看到那棵顶天立地的绿色小草时的狂喜。那么一小片草地呢？一小片草地对微人意味着什么？一个草原！一个草原又意味着什么？那是微人的一个绿色的宇宙了！草原中的小溪呢？当微人们站在草根下看着清澈的小溪时，那在他们眼中是何等壮丽的奇观啊！地球领袖说过会下雨，会下雨就会有草原，就会有小溪的！还一定会有树，天哪，树！先行者想象一支微人探险队，从一棵树的根部出发，开始他们漫长而奇妙的旅程。每一片树叶，对他们来说都是一个一望无际的绿色平原……还会有蝴蝶，它的双翅是微人眼中横贯天空的彩云；还会有鸟，每一声啼鸣在微人耳中都是来自宇宙的洪钟……

是的，地球生态资源的千亿分之一就可以哺育微纪元的一千亿人口！现在，先行者终于理解了微人们向他反复强调的一个事实。

微纪元是无忧无虑的纪元。

没有什么能威胁到微纪元，除非……

先行者打了一个寒战，他想起了自己要来干的事，这事一秒钟也不能耽搁了。他走到一排支架前，从中取出了一百支密封管。

这是他同时代人的胚胎细胞，宏人的胚胎细胞。

先行者把这些密封管放进激光废物焚化炉，然后又回到冷藏库仔细看了好几遍，他在确认没有漏掉这类密封管后，回到焚化炉边，毫不动感情地，他按动了按钮。

在激光束几十万摄氏度的高温下，装有胚胎的密封管瞬间汽化了。

中国太阳

引 子

水娃从娘颤颤的手中接过那个小小的包裹,包裹中有娘做的一双厚底布鞋、三个馍、两件打了大块补丁的衣裳、二十块钱。爹蹲在路边,闷闷地抽着旱烟锅。

"娃要出门了,你就不能给个好脸?"娘对爹说,爹仍蹲在那儿,还是闷闷地一声不吭,娘又说,"不让娃出去,你能出钱给他盖房娶媳妇啊?"

"走!东一个西一个都走了,养他们还不如养窝狗!"爹干号着说,头也不抬。

水娃抬头看看自己出生和长大的村庄,这处于永恒干旱中的村庄，只靠着水窖中积下的一点雨水过活。水娃家没钱修水泥窖，还是用的土水窖，那水一到大热天就臭了。往年，这臭水热开了还能喝，就是苦点儿、涩点儿，但今年夏天，那水热开了喝都拉肚子，听附近部队里的医生说，是地里什么有毒的石头溶进水里了。

水娃又低头看了爹一眼，转身走去，没有再回头。他不指望爹抬头看他一眼，爹心里难受时就那么蹲着抽闷烟，一蹲能蹲几个小时，仿佛变成了黄土地上的一大块土坷垃。但他分明又看到了爹的脸，或者说，他就走在爹的脸上。看周围这广阔的西北土地，干干的黄褐色，布满了水土流失刻出的裂纹，不就是一张老农的脸吗？这里的什么都是这样，树、地、房子、人，黑黄黑黄，皱巴巴的。他看不到这张伸向天边的巨脸的眼睛，但能感觉到它的存在，那双巨眼在望着天空，年轻时那目光充满着对雨的企盼，年老时就只剩呆滞了。其实这张巨脸一直是呆滞的，他不相信这块土地还有过年轻的时候。

一阵子风吹过，前面这条出村的小路淹没于黄尘中，水娃沿着这条路走去，迈出了他新生活的第一步。

这条路，将通向一个他做梦都想不到的地方。

人生的第一个目标：喝点不苦的水，挣点钱

"哟，这么些个灯！"

水娃到矿区时天已黑了，这个矿区是由许多私开的小窑煤矿组成的。

"这算啥？城里的灯那才叫多哩。"来接他的国强说，国强也是水娃村里的，出来好多年了。

水娃随国强来到工棚住下，吃饭时喝的水居然是甜丝丝的！国强告诉他，矿上打的是深井，水当然不苦了，但他又加了一句："城里的水才叫好喝呢！"

睡觉时国强递给水娃一包硬邦邦的东西当枕头，打开看，是黑塑料皮包着的一根根圆棒棒，再打开塑料皮，看到那棒棒黄黄的，像肥皂。

"炸药。"国强说，翻身呼呼睡着了。水娃看到他也枕着这东西，床底下还放着一大堆，头顶上吊着一大把雷管。后来水娃知道，这些东西足够把他们村子一窝端了！国强是矿上的放炮工。

矿上的活很苦很累，水娃前后干过挖煤、推车、打支柱等活计，每样一天下来能把人累得要死。但水娃就是吃苦长大的，他倒不怕活重，他怕的是井下那环境，人像钻进了黑黑的蚂蚁窝，开始真像做噩梦，但后来也习惯了。工钱是计件，每月能挣一百五，好的时候能挣到二百出头，

水娃觉得很满足了。

但最让水娃满足的还是这里的水。第一天下工后，浑身黑得像块炭，他跟着工友们去洗澡。到了那里后，看到人们用脸盆从一个大池子中舀出水来，从头到脚浇下来，地下流淌着一条条黑色的小溪。当时他就看呆了，妈呀，哪有这么用水的，这可都是甜水啊！因为有了甜水，这个黑乎乎的世界在水娃眼中才变得美丽无比。

但国强一直鼓动水娃进城，国强以前就在城里打过工，因为偷建筑工地的东西被当作盲流遣送回原籍。他向水娃保证，城里肯定比这里挣得多，也不像这样累死累活的。

就在水娃犹豫不决时，国强在井下出了事。那天他排哑炮时炮炸了，从井下抬上来时浑身嵌满了碎石，死前他对水娃说了一句话："进城去，那里灯更多……"

人生的第二个目标：到灯更多水更甜的城里，挣更多的钱

"这里的夜像白天一样呀！"水娃惊叹道。

国强说得没错，城里的灯真是多多了。现在，他正同二宝一起，一人背着一个擦鞋箱，沿着省会城市的主要大

街向火车站走去。二宝是水娃邻村人,以前曾和国强一起在省城里干过,按照国强以前给的地址,水娃费了好大的劲才找到他,他现在已不在建筑工地干了,而是干起擦皮鞋的活计来。水娃找到他时,与他同住的一个同行正好有事回家了,他就简单地教了水娃几下子,然后让水娃背上那套家伙同他一起去。

水娃对这活计没有什么信心,他一路上寻思,要是修鞋还差不多,擦鞋?谁花一块钱擦一次鞋(要是鞋油好些得三块),这人准有毛病。但在火车站前,他们摊还没摆好,生意就来了。这一晚上到 11 点,水娃竟挣了十四块!但在回去的路上二宝一脸晦气,说今天生意不好,言下之意显然是水娃抢了他的生意。

"窗户下那些个大铁箱子是啥?"水娃指着前面的一座楼问。

"空调,那屋里现在跟开春儿似的。"

"城里真好!"水娃抹了一把脸上的汗说。

"在这儿只要吃得苦,赚碗饭吃很容易的,但要想成家立业可就没门儿。"二宝说着用下巴指了指那幢楼,"买套房,两三千一平方米呢!"

水娃傻傻地问:"平方米是啥?"

二宝轻蔑地晃晃头,不屑理他。

水娃和十几个人住在一间同租的简易房中,这些人大都是进城打工的和做小买卖的农民,但在大通铺上位置紧挨着水娃的却是个城里人,不过不是这个城市的。在这里时他和大家都差不多,吃的和他们一样,晚上也是光膀子在外面乘凉。但每天早晨,他都西装革履地打扮起来,走出门去像换了一个人,真给人鸡窝里飞出金凤凰的感觉。这人姓庄名宇,大伙儿倒是都不讨厌他,这主要是因为他带来的一样东西。那东西在水娃看来就是一把大伞,但那伞是用镜子做的,里面光亮亮的,把伞倒放在太阳地里,在伞把头上的一个托架上放一锅水,那锅底被照得晃眼,锅里的水很快就开了,水娃后来知道这叫太阳灶。大伙儿用这东西做饭烧水,省了不少钱,可没太阳时不能用。

这把叫太阳灶的大伞没有伞骨,就那么薄薄的一片。水娃最迷惑的时候就是看庄宇收伞:这伞上伸出的一根细细的电线一直通到屋里,收伞时庄宇进屋拔下电线的插销,那伞就噗的一下摊到地上,变成了一块银色的布。水娃拿起布仔细看,它柔软光滑,轻得几乎感觉不到分量,表面映着自己变形的怪象,还变幻着肥皂泡表面的那种彩纹,一松手,银布从指缝间无声地滑落到地上,仿佛是一掬轻盈的水银。当庄宇再插上电源的插销时,银布如同一朵开放的荷花般懒洋洋地伸展开来,很快又变成一个圆圆的伞面倒立在地上。再去摸摸那伞面,薄薄的,硬硬的,轻敲它还会发出悦耳的金属声响,它强度很高,在地面固定后能撑住一个装满水的锅或壶。

庄宇告诉水娃:"这是一种纳米材料,表面光洁,具有很好的反光性，强度很高，最重要的是，它在正常条件下呈柔软状态，但在通入微弱电流后会变得坚硬。"

水娃后来知道，这种叫纳米镜膜的材料是庄宇的一项研究成果。申请专利后，他倾其所有投入资金，想为这项成果打开市场，但包括便携式太阳灶在内的几项产品都无人问津，结果血本无归，现在竟穷到向水娃借钱交房租。虽落到这地步，但这人一点都没有消沉，每天仍东奔西跑，企图为这种新材料的应用找到出路，他告诉水娃，这是自己跑过的第十三个城市了。

除了那个太阳灶外，庄宇还有一小片纳米镜膜，平时它就像一块银色的小手帕摊放在床边的桌子上。每天早晨出门前，庄宇总要打开一个小小的电源开关，那块银手帕立刻变成硬硬的一块薄片，成了一面光洁的小镜子，庄宇对着它梳理打扮一番。有一天早晨，他对着小镜子梳头时斜视了一眼刚从床上爬起来的水娃，说："你应该注意仪表，常洗脸，头发别总是乱乱的。还有你这身衣服，不能买件便宜点的新衣服吗？"

水娃拿过镜子来照了照，笑着摇摇头，意思是对一个擦鞋的来说，那么麻烦没有用。

庄宇凑近水娃说："现代社会充满着机遇，满天都飞着金鸟儿，哪天说不定你一伸手就抓住一只，前提是你得拿自己当回事儿。"

水娃四下看了看，没什么金鸟儿，他摇摇头说："我没读过多少书呀。"

"这当然很遗憾，但谁知道呢，有时这说不定是一个优势。这个时代的伟大之处就在于其捉摸不定，谁也不知道奇迹会在谁身上发生。"

"你……上过大学吧？"

"我有固体物理学博士学位，辞职前是大学教授。"

庄宇走后，水娃目瞪口呆了好半天，然后又摇摇头，心想庄宇这样的人跑了十三个城市都抓不到那金鸟儿，自己怎么行呢？他感到这家伙是在取笑自己，不过这人本身也够可怜够可笑的了。

这天夜里，屋里的其他人有的睡了，有的聚成一堆打扑克，水娃和庄宇则到门外几步远的一个小饭馆里看人家的电视。这时已是夜里 12 点，电视中正在播出新闻，屏幕上只有播音员，没有其他画面。

"在今天下午召开的国务院新闻发布会上，新闻发言人透露，举世瞩目的中国太阳工程已正式启动，这是继三北防护林之后又一项改造国土生态的超大型工程……"

水娃以前听说过这个工程，知道它将在我们的天空中再建造一个太阳，这个太阳能给干旱的大西北带来更多的降雨。这事对水娃来说太玄乎，像第一次遇到这类事一样，他想问庄宇，但扭头一看，见庄宇睁圆双眼瞪着电视，半张着嘴，好像被它摄去了魂儿。水娃用手在他面前晃了晃，他毫无反应，直到那则新闻过去很久才恢复常态，自语道：

"真是，我怎么就没想到中国太阳呢？"

水娃茫然地看着他，他不可能不知道这件连自己都知道的事，这事儿哪个中国人不知道呢？他当然知道，只是没想到，那他现在想到了什么呢？这事与他庄宇，一个住在闷热的简易房中的潦倒流浪者，能有什么关系？

庄宇说："记得我早上说的话吗？现在一只金鸟儿飞到我面前了，好大的一只金鸟儿，其实它以前一直在我的头顶盘旋，我居然没感觉到！"

水娃仍然迷惑不解地看着他。

庄宇站起身来："我要去北京了，赶2点半的火车。小兄弟，你跟我去吧！"

"去北京？干什么？"

"北京那么大，干什么不行？就是擦皮鞋，也比这儿挣得多好多！"

于是，就在这天夜里，水娃和庄宇踏上了一列连座位都没有的拥挤的列车。列车穿过夜色中广阔的西部原野，向太阳升起的方向驰去。

人生的第三个目标：到更大的城市，见更大的世面，挣更多的钱

第一眼看到首都时，水娃明白了一件事：有些东西你只能在看见后才知道是什么样儿，凭想象是绝对想不出来的。比如北京之夜，就在他的想象中出现过无数次，最早不过是把镇子或矿上的灯火扩大许多倍，然后是把省城的灯火扩大许多倍，当他和庄宇乘坐的公共汽车从西站拐入长安街时，他知道，过去那些灯火就是扩大一千倍，也不是北京之夜的样子。当然，北京的灯绝对不会有一千个省城的灯那么多那么亮，但这夜中北京的某种东西，是那个西部的城市怎样叠加也产生不出来的。

水娃和庄宇在一个便宜的地下室旅馆住了一夜后，第二天早上就分了手。临别时庄宇祝水娃好运，并说如果以后有难处可以找他，但当水娃让他留下电话或地址时，他却说自己现在什么都没有。

"那我怎么找你呢？"水娃问。

"过一阵子，看电视或报纸，你就会知道我在哪儿。"

看着庄宇远去的背影，水娃迷惑地摇摇头。他这话可真是费解：这人现在已一文不名，今天连旅馆都住不起了，早餐还是水娃出的钱，甚至连他那个太阳灶，也在起程前留给房东顶了房费。现在，他已是一个除了梦之外什么都

没有的乞丐。

与庄宇分别后，水娃立刻去找活干，但大都市给他的震撼使他很快忘记了自己的目的。整个白天，他都在城市中漫无目标地闲逛，仿佛是行走在仙境中，一点都不觉得累。

傍晚，他站在首都的新象征之一，去年落成的五百米高的统一大厦前，仰望着那直插云端的玻璃绝壁，在上面，渐渐暗下去的晚霞和很快亮起来的城市灯海在进行着摄人心魄的光与影的表演，水娃看得脖子酸疼。当他正要走开时，大厦本身的灯也亮了起来，这奇景以一种更大的力量攫住了水娃的全部身心，他继续在那里仰头呆望着。

"你看了很长时间，对这工作感兴趣？"

水娃回头，看到说话的是一个年轻人，典型的城里人打扮，但手里拿着一顶黄色的安全帽。"什么工作？"水娃迷惑地问。

"那你刚才在看什么？"那人问，同时拿安全帽的手向上一指。

水娃抬头向他指的方向看，看到高高的玻璃绝壁上居然有几个人，从这里看去只是几个小黑点。"他们站那么高干什么呀？"水娃问，又仔细地看了看，"擦玻璃？"

那人点点头："我是蓝天建筑清洁公司的人事主管，我们公司，主要承揽高层建筑的清洁工程，你愿意干这工作吗？"

水娃再次抬头看，高空中那几个蚂蚁似的小黑点让人头晕目眩："这……太吓人了。"

"如果是担心安全那你尽管放心，这工作看起来危险，正是这点使它招工很难，我们现在很缺人手。但我向你保证，安全措施是很完备的，只要严格按规程操作，绝对不会有危险，且工资在同类行业中是最高的。你嘛，每月工资一千五，工作日管午餐，公司代买人身保险。"

这钱数让水娃吃了一惊，他呆呆地望着经理，后者误解了水娃的意思："好吧，取消试用期，再加三百，每月一千八，不能再多了。以前这个工种基本工资只有四五百，每天有活干再额外计件儿，现在是固定月薪，相当不错了。"

于是，水娃成了一名高空清洁工，英文名字翻译成中文叫蜘蛛人。

人生的第四个目标：成为一个北京人

水娃与四位工友从航天大厦的顶层谨慎地下降，用了四十分钟才到达它的第八十三层，这是他们昨天擦到的位置。蜘蛛人最头疼的活就是擦倒角墙，即与地面的角度小于九十度的墙。而航天大厦的设计者为了表现他那极致的创意，把整个大厦设计成倾斜的，在顶部由一根细长的立柱与地面支撑,据这位著名建筑师说,倾斜更能表现出上升感。这话似乎有道理,这座摩天大厦也名扬世界,成为北京的又一标志性建筑。但这位建筑大师的祖宗八代都被北京的蜘蛛人骂遍了,清洁航天大厦的活对他们来说几乎是一场噩梦,因为这个倾斜的大厦整整一面全是倒角墙,高达四百米,与地面的角度小到六十五度。

到达工作位置后,水娃仰头看看,头顶上这面巨大的玻璃悬崖仿佛正在倾倒下来。他一只手打开清洁剂容器的盖子,另一只手紧紧抓着吸盘的把手。这种吸盘是为清洁倒角墙特制的,但并不好使,常常脱吸,这时蜘蛛人就会荡离墙面,被安全带吊着在空中打秋千。这种事在清洁航天大厦时多次发生,每次都让人魂飞天外。就在昨天,水娃的一位工友脱吸后远远地荡出去,又荡回来,在强风的推送下直撞到墙上,撞碎了一大块玻璃,在他的额头和手臂上各划了一道大口子,而那块昂贵的镀膜高级建筑玻璃让他这一年的活白干了。

到现在为止,水娃干蜘蛛人的工作已经两年多了,这活可真不容易。在地面上有二级风力时,百米空中的风力就有五级,而现在的四五百米的超高层建筑上,风就更大了。危险自不必说,从本世纪初开始,蜘蛛人的坠落事故就时有发生。在冬天时那强风就像刀子一样锋利;清洗玻璃时最常用的氢氟酸洗剂腐蚀性很大,使手指甲先变黑再脱落;而到了夏天,为防洗涤药水的腐蚀,还得穿着不透气的雨衣雨裤雨鞋；如果是擦镀膜玻璃，除了背上太阳暴晒，面前玻璃反射的阳光也让人睁不开眼，这时水娃的感觉真像是被放在庄宇的太阳灶上了。

但水娃热爱这个工作，这一年多是他有生以来最快乐的时光。这固然是因为在外地来京的低文化层次的打工者中，蜘蛛人的收入相对较高，更重要的是，他从工作中获得了一种奇妙的满足感。他最喜欢干那些别的工友不愿意干的活：清洁新近落成的超高建筑，这些建筑的高度都在两百米以上，最高的达五百米。悬在这些摩天大楼顶端的外墙上，北京城在下面一览无遗地伸延开来，那些20世纪建成的所谓高层建筑从这里看下去是那么矮小，再远一些，它们就像一簇簇插在地上的细木条，而城市中心的紫禁城则像是用金色的积木搭起来的。在这个高度听不到城市的喧闹，整个北京成了一个可以一眼望全的整体，成了一个以蛛网般的公路为血脉的巨大的生命，在下面静静地呼吸着。有时，摩天大楼高耸在云层之上，腰部以下笼罩在阴暗的暴雨之中，以上却阳光灿烂，干活时脚下是一望无际的滚滚云海，每到这时，水娃总觉得他的身体都被云海之上的强风吹得透明了……

水娃从这经历中悟出了一个哲理：事情得从高处才能看清楚。如果你淹没于这座大都市之中，周围的一切是那么纷繁复杂，城市仿佛是一个无边无际的迷宫，但从这高处一看，整座城市不过是一个有一千多万人的大蚂蚁窝罢了，而它周围的世界又是那么广阔。

在第一次领到工资后，水娃到一个大商场转了转，乘电梯上到第三层时，他发现这是一个让自己迷惑的地方。与繁华的下两层不同，这一层的大厅比较空旷，只摆放着几张大得惊人的低桌子，在每张桌子宽阔的桌面上，都有一片小小的楼群，每幢楼有一本书那么高。楼间有翠绿的草地，草地上有白色的凉亭和回廊……这些小建筑好像是用象牙和奶酪做成的，看上去那么可爱，它们与绿草地一起构成了精致的小世界，在水娃眼中，真像是一个个小天堂的模型。最初他猜测这是某种玩具，但这里见不到孩子，桌边的人们也一脸认真和严肃。他站在一个小天堂边上对着它出神地望了很久，一位漂亮的小姐过来招呼他，他这才知道这里是出售商品房的地方。他随便指着一幢小楼，问最顶上那套房多少钱，小姐告诉他那是三室一厅，每平方米三千五百元，总价值三十八万。听到这数目，水娃倒吸一口冷气，但小姐接下来的话让这冷酷的数字温柔了许多："分期付款，每月一千五百到两千元。"

他小心地问："我……我不是北京人，能买吗？"

小姐给了他一个动人的微笑："您可真逗，户口已经取消几年了，还有什么北京人不北京人的？您住下不就是北京人了吗？"

水娃走出商场后，漫无目的地在街上走了很长时间，夜中的北京在他的周围五光十色地闪耀着，他的手中拿着售房小姐给他的几张花花绿绿的广告页，不时停下来看看。仅在一个多月前，在那座遥远的西部城市的简易房中，在省城拥有一套住房对他来说都还是一个神话，现在，尽管他离买得起那套北京的住房还有相当的距离，但这已不是神话了，它由神话变成了梦想，而这梦想，就像那些精致的小模型一样，实实在在地摆在眼前，可以触摸到了。

这时，有人在里面敲水娃正在擦的这面玻璃，这往往是麻烦事。在办公室窗上出现的高楼清洁工总让超级大厦中的白领们有一种莫名的烦恼，好像这些人真如其俗名那样是一个个异类大蜘蛛，他们之间的隔阂远不止那面玻璃。在蜘蛛人干活时，里面的人不是嫌有噪声就是抱怨阳光被挡住了，变着法儿和他们过不去。航天大厦的玻璃是半反射型的，水娃很费劲地向里面看，终于看清了里面的人，那居然是庄宇！

分手后，水娃一直惦记着庄宇，在他的记忆中，庄宇一直是一个西装革履的流浪汉，在这个大城市中深一脚浅一脚地过着艰难的生活。在一个深秋之夜，正当水娃在宿舍中默默地为庄宇过冬的衣服发愁时，却真的在电视上看到了他！这时，中国太阳工程正在选择构建反射镜的材料，这是工程最关键的技术核心，在十几种材料中，庄宇研制的纳米镜膜最后被选中了。他由一名科技流浪汉变成了中国太阳工程的首席科学家之一，一夜之间举世闻名。这以后，虽然庄宇频频在各种媒体上出现，水娃反而把他忘记了,他觉得他们之间已没有什么关系了。

在那间宽大的办公室里,水娃看到庄宇与两年前相比,从里到外都没有变,甚至还穿着那身西装,现在水娃知道,这身当时在他眼中高级华贵的衣服实际上次透了。水娃向他讲述了自己在北京的生活,最后他笑着说:"看来咱俩在北京干得都不错。"

"是的是的,都不错!"庄宇激动得连连点头,"其实,那天早晨对你说那些关于时代和机遇的话时,我几乎对一切都失去了信心,我是说给自己听的,但这个时代真的充满了机遇。"

水娃点点头:"到处都是金色的鸟儿。"

接着,水娃打量起这间充满现代感的大办公室来,这里最引人注目的是那一套不同寻常的装饰物:办公室的天花板整个是一幅星空的全息图像,所以在办公室中的人如同置身于一个灿烂星空下的院子。在这星空的背景前悬浮着一个银色的圆形曲面,那是一个镜面,很像庄宇的那个太阳灶,但水娃知道,这个太阳灶面积可能有几十个北京那么大。在天花板的一角,有一盏球形的灯,与这镜面一样,这灯球没有任何支撑地悬浮在空中,发出耀眼的黄光。镜面把它的一束光投射到办公桌旁的一个大地球仪上,在其表面打出一个圆圆的亮点。那个灯球在天花板下缓缓飘移着,镜面转动着追踪它,始终保持着那束投向地球仪的光束。星空、镜面、灯球、光束、地球仪和其表面的亮点,形成了一幅抽象而神秘的构图。

"这就是中国太阳吗？"水娃指着镜面敬畏地问。

庄宇点点头："这是一个面积达三万平方千米的反射镜，它在三万六千千米高的同步轨道上向地球反射阳光，在地面看上去，天空中像多了个太阳。"

"我一直搞不明白，天上多个太阳，地上怎么会多了雨水呢？"

"这个人造太阳可以以多种方式影响天气，比如通过改变大气的热平衡来影响大气环流、增加海洋蒸发量、移动锋面等，这一两句话说不清楚。其实，轨道反射镜只是中国太阳工程的一部分，另一部分是一个复杂的大气运动模型，它运行在许多台超级计算机上，精确地模拟出某一区域大气的运动状态，然后找准一个关键点，用人造太阳的热量施加影响，就会产生出巨大的效应，足以在一段时间内完全改变目标区域的气候……这个过程极其复杂，不是我的专业，我也不太明白。"

水娃又问了一个庄宇肯定明白的问题，他知道自己的问题太傻，但还是鼓足勇气问了出来："那么大个东西悬在天上，不会掉下来吗？"

庄宇默默地看了水娃几秒钟，又看了看表，一拍水娃的肩膀说："走，我请你吃饭，同时让你明白中国太阳为什么不会掉下来。"

但事情远没有庄宇想的那么简单，他不得不把要讲授的知识线移到最底层。水娃知道自己生活在一个圆的地球上，但他意识深处的世界还是一个天圆地方的结构，庄宇费了很大劲才使他真正明白了我们的世界只是一颗飘浮在无际虚空中的小石球。这个晚上水娃并没有搞明白中国太阳为什么不会掉下来，但这个宇宙在他的脑海中已完全变了样，他进入了自己的托勒密时代。第二个晚上，庄宇同水娃到大排档去吃饭，并成功地使水娃进入了哥白尼时代。又用了两个晚上，水娃艰难地进入了牛顿时代，知道了（当然仅仅是知道了）万有引力。接下来的一个晚上，借助于办公室中的那个大地球仪，庄宇使水娃迈进了航天时代。在接下来的一个公休日，也是在那个大地球仪前，水娃终于明白了同步轨道是什么意思，同时也明白了中国太阳为什么不会掉下来。

在这一天，庄宇带水娃参观了中国太阳工程的指挥中心，在一个高大的屏幕上映出了同步轨道上中国太阳建设工地的全景：漆黑的空间中飘浮着几块银色的薄片，航天飞机在那些薄片前像几只小小的蚊子。最让水娃感到震撼的，是另一个大屏幕上从三万六千千米高度拍摄的地球，他看到，大陆像漂浮在海洋上的一张张大牛皮纸，山脉像牛皮纸的皱褶，而云层如同牛皮纸上残留的一片片白糖末……庄宇指给水娃看哪里是他的家乡，哪里是北京，水娃呆呆地看了好半天，冒出一句话："站在这么高的地方，人想的事情肯定不一样……"

三个月后，中国太阳的主体工程完工，在国庆节之夜，反射镜首次向地球的黑夜部分投射阳光，并把巨大的光斑固定在京津地区。这天夜里，水娃在天安门广场上同几十万人一起目睹了这壮丽的日出：西边的夜空中，一颗星星的亮度急剧增强，在这颗星的周围有一圈蓝天在扩散，当中国太阳的亮度达到最大时，这圈蓝天已占据了半个天空，在它的边缘，色彩由纯蓝渐渐过渡到黄色、橘红色和深紫色，这圈渐变的色彩如一圈彩虹把蓝天围在中央，形成了人们所称的"环形朝霞"。

水娃在凌晨4点才回到宿舍，他躺在狭窄的上铺，中国太阳的光芒从窗中透进来，照在枕边墙上那几张商品住宅广告页上，水娃把那几张彩纸从墙上撕了下来。

在中国太阳的天国之光下，他曾为之激动不已的理想显得那么平淡渺小。

两个月后，清洁公司的经理找到水娃，说中国太阳工程指挥中心的庄总让他去一下。自从清洁航天大厦的活干完后，水娃就再也没见过庄宇。

"你们的太阳真是伟大！"在航天大厦的办公室中见到庄宇后，水娃由衷地赞叹道。

"是我们的太阳，特别是你也有份儿——现在在这里看不到中国太阳了，它正在给你的家乡造雪呢！"

"我爸妈来信说，那里今冬的雪真的多了起来！"

"但中国太阳也遇到了大问题，"庄宇指指身后的一块大屏幕，上面显示着两个圆形的光斑，"这是在同一位置拍摄的中国太阳的图像，时隔两个月，你能看出它们有什么差别吗？"

"左边那个亮一些。"

"看，仅两个月，反射率的降低用肉眼都能看出来了。"

"怎么，是大镜子上落灰了吗？"

"太空中没有灰，但有太阳风，也就是太阳喷出的粒子流，时间一长，它使中国太阳的镜面表层发生了质变，镜面就蒙上了一层极薄的雾膜，反射率就降低了。一年以后，镜面将变得像蒙上一层水雾一样，那时中国太阳就变成了中国月亮，就什么事都干不了了。"

"你们开始没想到这些吗？"

"当然想到了……我们还是谈你的事吧。想不想换个工作？"

"换工作？我还能干什么呢？"

"还是干高空清洁工，但是是在我们这里干。"

水娃迷惑地四下看看："你们的大楼不是刚清洁过吗？还用专门雇高空清洁工？"

"不，不是让你擦大楼，是擦中国太阳。"

人生的第五个目标：飞向太空擦太阳

这是一次由中国太阳工程运行部的高层领导人参加的会议，讨论成立镜面清洁机构的事。庄宇把水娃介绍给大家，并介绍了他的工作。当有人问到学历时，水娃诚实地说他只读过三年小学。

"但我认字的，看书没问题。"水娃对与会者说。

一阵笑声响起。

"庄总，你这是在开玩笑吗？"有人气愤地喊道。

庄宇平静地说："我没开玩笑。如果组成三十个人的镜面清洁队，把中国太阳全部清洁一遍需要半年时间，按照清洁周期清洁队需不停地工作，这至少要有六十到九十人进行轮换，如果正在制定中的空间劳动保护法出台，这种轮换可能需要更多的人，也就是说需要一百二十甚至一百五十人。我们难道要让一百五十名有博士学位的、在高性能歼击机上飞过二千小时的宇航员干这项工作吗？"

"那也得差不多点儿吧？在城市高等教育已经普及的今天，让一个文盲飞向太空？"

"我不是文盲！"水娃对那人说。

对方没理他，接着对庄宇说："这是对这个伟大工程的亵渎！"

与会者们纷纷点头赞同。

庄宇也点点头："我早就料到各位会有这种反应。在座的，除了这位清洁工之外都具有博士学位，那么好，就让我们看看各位在清洁工作中的素质吧！请跟我来。"

十几名与会者迷惑不解地跟着庄宇走出会议室，走进电梯。这种摩天大楼中的电梯分快、中、慢三种，他们乘坐的是最快的电梯，飞快加速，直上大厦的顶层。

有人说："我是第一次乘这种电梯，真有乘火箭升空的感觉！"

"我们进入同步轨道后，大家还将体验清洁中国太阳的感觉。"庄宇说，周围的人都向他投来奇怪的目光。

走出电梯后，大家又跟着庄宇爬了一段窄扶梯，最后从一扇小铁门走出去，来到了大厦的露天楼顶。他们立刻置身于阳光和强风之中，上面的蓝天似乎比平时看到的清澈了许多，向四周望去，北京城尽收眼底。他们发现楼顶上已经有一小群人在等着，水娃吃惊地发现那竟是清洁公司的经理和他的蜘蛛人工友们！

庄宇大声说："现在，我们就请大家体验一下水娃的工作。"

于是，那些蜘蛛人走过来给每一位与会者扎上安全带，然后领他们走到楼顶边缘，使他们小心地站到作为蜘蛛人工作平台的十几个小小的吊板上，然后吊板开始慢慢下降，悬在距楼顶边缘五六米处不动了，被挂在大厦玻璃墙上的与会者们发出了一阵绝不掺假的惊叫声。

"各位,我们继续开会吧!"庄宇蹲着从楼顶边缘探出身去对下面的人喊。

"你个混蛋!快拉我们上去!"

"你们每人必须擦完一块玻璃才能上来!"

擦玻璃是不可能的,下面的人能做的只是死抓着安全带或吊板的绳索一动不动,根本不可能松开一只手去拿起放在吊板上的刷子或打开清洁剂桶的盖子。在他们的日常工作中,这些航天官员每天都在图纸或文件上与几万千米的高度打交道,但在这亲身体验中,四百米的高度已经令他们魂飞天外了。

庄宇站起身,走到一位空军大校所在的吊板上面,他是被吊下去的十几个人中唯一镇定自若者。他开始擦玻璃,动作沉稳,最让水娃吃惊的是,他的两只手都在干活,并没有抓着什么稳定自己,而他的吊板在强风中贴着墙面一动不动,这对蜘蛛人来说也只有老手才能做到。当水娃认出他就是十多年前"神舟八号"飞船上的一名宇航员时,对眼前所见也就不奇怪了。

庄宇问:"张大校,坦率地说,眼前的工作真的比你们在轨道上的太空行走作业容易吗?"

"如果仅从体力和技巧上来说,相差不是太多。"前宇航员回答说。

"说得好!宇航训练中心的一项研究表明,在人体工程学上,高层建筑清洁工的工作与太空中的镜面清洁工作有许多相似之处——都是在危险的需要时时保持平衡的位置上，从事重复单调且消耗体力的劳动；都要时时保持警觉，稍一疏忽就会有意外事故发生。这事故对宇航员来说，可能是错误飘移、工具或材料丢失、生命维持系统失灵等；对蜘蛛人来说，则可能是撞碎玻璃、工具或清洁剂跌落、安全带断裂滑脱等。在体能技巧方面，特别是在心理素质方面，蜘蛛人完全有能力胜任镜面清洁工作。"

前宇航员仰视着庄宇点了点头："这使我想起了那个古老的寓言，卖油人把油通过一个铜钱的方孔倒进油壶中，所需的技巧与将军把箭射中靶心同样高超，差异只在于他们的身份。"

庄宇接着说："哥伦布发现了美洲，库克发现了澳洲，但这些新世界都是由普通人开发的，这些开拓者在当时的欧洲处于社会的最下层。太空开发也一样，国家在下一个'五年计划'中把近地空间作为第二个西部，这就意味着航天事业的探险时代已经结束，它不再只是由少数精英从事的工作，让普通人进入太空，是太空开发产业化的第一步！"

"好了好了，你说的都对！可快把我们弄上去啊！"下面的其他人声嘶力竭地喊着。

在回去的电梯上，清洁公司的经理凑到庄宇耳边低声说："庄总，您慷慨激昂了半天，讲的道理有点太大了吧？当然，当着水娃和我这些小弟兄的面，您不好把关键之处挑明。"

"嗯？"庄宇询问地看着他。

"谁都知道。中国太阳工程是以准商业方式运行的，中途差点因资金缺口而停工。现在，留给你们的运行费用没有多少了。在商业宇航中，正规宇航员的年薪都在百万以上，我这些小伙子们每年就可以给你们省几千万。"

庄宇神秘地一笑说："您以为，为这区区几千万我值得冒这个险吗？我这次故意把镜面清洁工的文化程度标准压到最低，这个先例一开，中国太阳在空间轨道的其他工作岗位，就可以由普通大学毕业生来做，这一下，省的可不止几千万。如您所说，这也是没办法的办法，我们真的没剩多少钱了。"

经理说："在我的童年和少年时代，进入太空是一种何等浪漫的事业，我清楚地记得，邓小平在访问肯尼迪航天中心时，把一位美国宇航员称作神仙。现在，"他拍着庄宇的后背苦笑着摇摇头，"我们彼此彼此了。"

庄宇扭头看了看那几名蜘蛛人小伙子，放大了声音说："但是，先生，我给他们的工资怎么说也是你的八到十倍！"

第二天，包括水娃在内的六十名蜘蛛人进入了坐落在石景山的中国宇航训练中心，他们都是从外地来京打工的农村后生，来自中国广阔田野的各个偏僻角落。

镜面农夫

西昌基地,"地平线号"航天飞机从它的发动机喷出的大团白雾中探出头来,轰鸣着开上蓝天。机舱里坐着水娃和其他十四名镜面清洁工,经过三个月的地面培训,他们从六十人中被挑选出来,首批进入太空进行实际操作。

在水娃这时的感觉中,超重远不像传说中的那么可怕,他甚至有一种熟悉的舒适感,这是孩子被母亲紧紧抱在怀中的感觉。在他右上方的舷窗外,天空的蓝色在渐渐变深。舱外隐约传来爆破螺栓的啪啪声,助推器分离,发动机声由震耳的轰鸣变为蚊子似的嗡嗡声。天空变成深紫色,最后完全变黑,星星出现了,都不眨眼,十分明亮。嗡嗡声戛然而止,舱内变得很安静,座椅的震动消失了,接着后背对椅面的压力也消失了,失重出现。水娃他们是在一个巨大的水池中进行的失重训练,这时的感觉还真像是浮在水中。

但安全带还不能解开,发动机又嗡嗡地叫了起来,重力又把每个人按回椅子上,漫长的变轨飞行开始了。小小的舷窗中,星空和海洋交替出现,舱内不时充满了地球反射的蓝光和太阳白色的光芒。窗口中能看到的地平线的弧度一次比一次大,能看到的海洋和陆地的景色范围也一次比一次大。向同步轨道的变轨飞行整整进行了六个小时,舷窗中星空和地球的景色交替变化，也渐渐产生了催眠作用，水娃居然睡着了。但他很快被扩音器中指令长的声音惊醒，那声音说变轨飞行结束了。

舱内的伙伴们纷纷飘离座椅，紧贴着舷窗向外瞅。水娃也解开安全带，用游泳的动作笨拙地飘到离他最近的舷窗，他第一次亲眼看到了完整的地球。但大多数人都挤在另一侧的舷窗边，他也一蹬舱壁蹿了过去，因速度太快在对面的舱壁上碰了脑袋。从舷窗望出去，他才发现"地平线号"已经来到中国太阳的正下方，反射镜已占据了星空的大部分面积，航天飞机如同飞行在一个巨大的银色穹顶下的一只小蚊子。"地平线号"继续靠近，水娃渐渐体会到镜面的巨大：它已占据了窗外的所有空间，一点都感觉不到它的弧度，他们仿佛飞行在一望无际的银色平原上。距离在继续缩短，镜面上现出了"地平线号"的倒影。可以看到银色大地上有一条条长长的接缝，这些接缝像地图上的经纬线一样织成了方格，成了能使人感觉到相对速度的唯一参照物。渐渐地，银色大地上的经线不再平行，而是向一个点会聚，这趋势急剧加快，好像"地平线号"正在驶向这巨大地图上的一个极点。极点很快出现了，所有经线接缝都会聚在一个小黑点上，航天飞机向着这个小黑点下降，水娃震惊地发现，这个黑点竟是这银色大地上的一座大楼，这座大楼是一个全密封的圆柱体，水娃知道，这就是中国太阳的控制站，是他们以后三个月在这冷寂太空

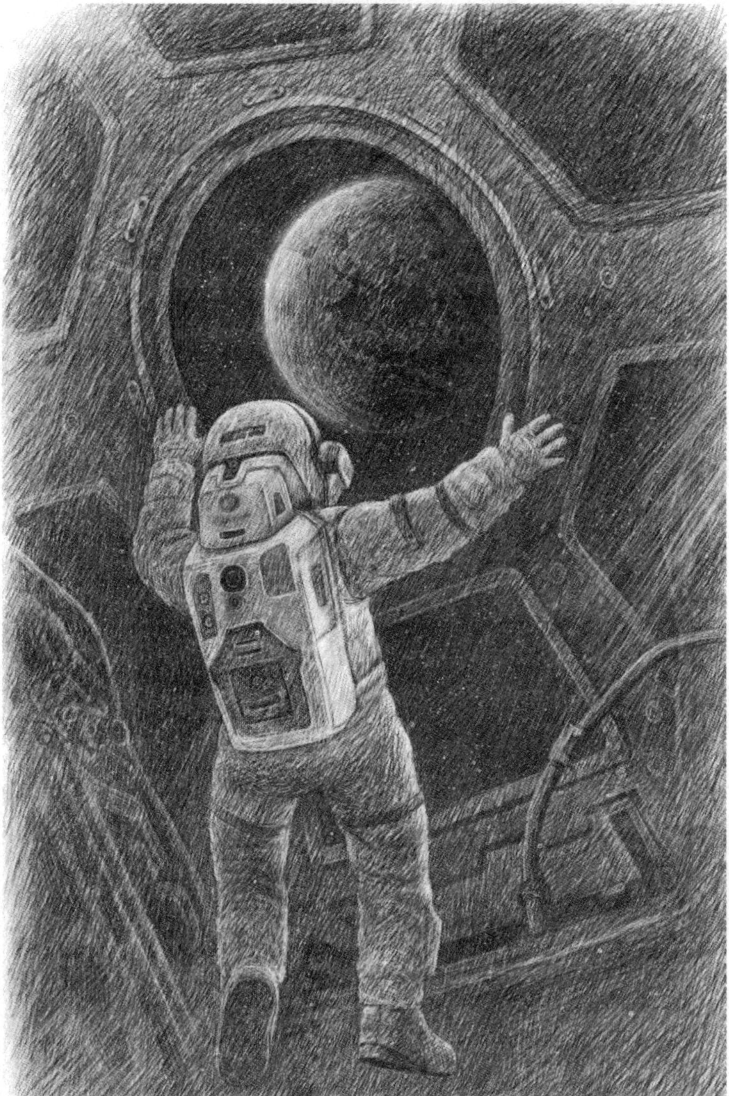

在他右上方的舷窗外,天空的蓝色在渐渐变深。舱外隐约传来爆破螺栓的啪啪声,助推器分离,发动机声由震耳的轰鸣变为蚊子似的嗡嗡声。

中唯一的家。

太空蜘蛛人的生活就这样开始了。每天（中国太阳绕地球一周的时间也是二十四小时），镜面清洁工们驾驶着一台台有手扶拖拉机大小的机器擦光镜面，他们开着这些机器在广阔的镜面上来回行驶，很像在银色的大地上耕种着什么，于是西方新闻媒体给他们起了一个更有诗意的名字："镜面农夫"。这些"农夫"们的世界是奇特的，他们脚下是银色的平原，由于镜面的弧度，这平原在远方的各个方向缓缓升起，但由于面积巨大，周围看上去如水面般平坦。上方，地球和太阳总是同时出现，后者比地球小得多，倒像是它的一颗光芒四射的卫星。在占据天空大部分的地球上，总能看到一个缓缓移动的圆形光斑，在地球黑夜的一面这光斑尤其醒目，这就是中国太阳在地球上照亮的区域。镜面可以调整形状以改变光斑的大小，当银色大地在远方上升的坡度较陡时，光斑就小而亮；当上升坡度较缓时，光斑就大而暗。

但镜面清洁工的工作是十分艰辛的，他们很快发现，清洁镜面的枯燥和劳累，比在地球上擦高楼有过之而无不及。每天收工回到控制站后，往往累得连太空服都脱不下来。随着后续人员的到来，控制站里拥挤起来，人们像生活在一个潜水艇中。但能够回到站里还算幸运，镜面上距站最远处近一百千米，清洁到外缘时往往下班后回不来，只能在"野外"过"夜"，从太空服中吸些流质食物，然后悬在半空中睡觉。工作的危险更不用说，镜面清洁工是人类航天史上进行太空行走最多的人，在"野外"，太空服的一个小故障就足以置人于死地，还有微陨石、太空垃圾和太阳磁暴等。这样的生活和工作条件使控制站中的工程师们怨气冲天，但天生就能吃苦的"镜面农夫"们却默默地适应了这一切。

在进入太空后的第五天，水娃与家里通了话，这时水娃正在距控制站五十多千米处干活，他的家乡正处于中国太阳的光斑之中。

水娃爹说："娃啊，你是在那个日头上吗？它在俺们头上照着呢，这夜跟白天一样啊！"

水娃说："是，爹，俺是在上面！"

水娃娘说："娃啊，那上面热吧？"

水娃说："说热也热，说冷也冷，俺在地上投了个影儿，影儿的外面有咱那儿十个夏天热，影儿的里面有咱那儿十个冬天冷。"

水娃娘对水娃爹说："我看到咱娃了，那日头上有个小黑点点！"

水娃知道那是不可能的，他的眼泪涌了出来，说："爹、娘，俺也看到你们了，亚洲大陆的那个地方也有两个小黑点点！明天多穿点衣服，我看到一大股寒流从大陆北面向你们那里移过来了！"

……

三个月后换班的第二分队到来，水娃他们返回地球去休三个月的假。他们着陆后的第一件事就是每人买了一架单筒高倍望远镜。三个月后他们回到中国太阳上，在工作的间隙，大家都用望远镜遥望地球，望得最多的当然还是家乡，但在三万六千千米的距离上是不可能看到他们的村庄的。他们中有人用粗笔在镜面上写下了一首稚拙的诗：

　　在银色的大地上我遥望家乡，
　　村边的妈妈仰望着中国太阳。
　　这轮太阳就是儿子的眼睛，
　　黄土地将在这目光中披上绿装。

"镜面农夫"们的工作是出色的，他们逐渐承担了更多的任务，范围都超出了他们的清洁工作。首先是修复被陨石破坏的镜面，后来又承担了一项更高层次的工作：监视和加固应力超限点。

中国太阳在运行中，其姿态总是在不停地变化，这些变化是由分布在其背面的三千台发动机完成的。反射镜的镜面很薄，它由背面的大量细梁连成一个整体，在进行姿态或形状改变时，有些位置可能发生应力超限，如果不及时对各发动机的出力给予纠正，或在那个位置进行加固，任其发展，超限应力就可能撕裂镜面。这项工作的技术要求很高，发现和加固应力超限点都需要熟练的技术和丰富的经验。

除了进行姿态和形状调整外,最有可能发生应力超限的时间是在轨道理发时,这项操作的正式名称是:光压和太阳风所致轨道误差修正。太阳风和光压对面积巨大的镜面产生作用力,这种力量在每平方千米的镜面上达两千克左右,使镜面轨道变扁上移,在地面控制中心的大屏幕上,变形的轨道与正常的轨道同时显示,很像是正常的轨道上长出了头发,"轨道理发"这个离奇的操作名称由此而来。轨道理发时镜面产生的加速度比姿态和形状调整时大得多,这时"镜面农夫"们的工作十分重要,他们飞行在银色大地上空,仔细地观察着地面的每一处异常变化,随时进行紧急加固,每次都出色地完成了任务。他们的收入因此增长很多,但这中间得利最多的,还是已成为中国太阳工程第一负责人的庄宇,他连普通大学毕业生也不必雇了。

但"镜面农夫"们都明白,他们这批人是第一批也是最后一批只有小学文化程度的太空工人了,以后的太空工人文化程度最低也是大学毕业的。但他们完成了庄宇所设想的使命:证明了太空开发中的底层工作最需要的是技巧和经验,是对艰苦环境的适应能力,而不是知识和创造力,普通人完全可以胜任。

但太空也在改变着"镜面农夫"们的思维方式,没有人能像他们这样,每天从三万六千千米之上居高临下看地球,世界在他们面前只是一个可以一眼望全的小沙盘,地球村对他们来说不是一个比喻,而是眼前实实在在的现实。

"镜面农夫"作为第一批太空工人,曾在全世界引起了轰动。但随着近地空间开发产业化的飞速发展,许多超级工程在太空中出现,其中包括用微波向地面传送电能的超大型太阳能电站、微重力产品加工厂等,容纳十万人的太空城也开始建设。大批产业工人涌向太空,他们都是普通人,世界渐渐把"镜面农夫"们忘记了。

几年后,水娃在北京买了房子,建立了家庭,又有了孩子。每年他有一半时间在家里,一半时间在太空。他热爱这项工作,在三万多千米高空的银色大地长时间地巡行,使他的心中产生了一种超脱的宁静,他觉得自己已找到了理想的生活,未来就如同脚下的银色平原一样平滑地向前伸展。但后来的一件事打破了这种宁静,彻底改变了水娃的心路历程,这就是他与史蒂芬·霍金的交往。

没有人想到霍金能活过一百岁,这既是医学的奇迹,也是他个人精神力量的表现。当近地轨道的第一所太空低重力疗养院建立后,他成为第一位疗养者。但上太空的超重差一点要了他的命,返回地面也要经受超重,所以在太空电梯或反重力舱之类的运载工具发明之前,他可能回不了地球了。事实上,医生建议他长住太空,因为失重环境对他的身体是最合适不过的。

霍金一开始对中国太阳没什么兴趣,他从低轨道再次忍受加速重力(当然比从地面进入太空时小得多)来到位于同步轨道的中国太阳，是想看看在这里进行的一项关于背景辐射强度各向微小异性的宇宙学观测，观测站之所以设在中国太阳背面，是因为巨大的反射镜可以挡住来自太阳和地球的干扰。但在观测完成，观测站和工作小组都撤走后，霍金仍不想走，说他喜欢这里，想多待一阵儿。中国太阳的什么东西吸引了他，新闻界做出了各种猜测，但只有水娃知道实情。

在中国太阳生活的日子里，霍金最喜欢做的事就是在镜面上散步，让人不可理解的是，他只在反射镜的背面散步，每天散步的时间长达几个小时。空间行走经验最丰富的水娃被站里指定陪霍金散步。这时的霍金已与爱因斯坦齐名，水娃当然听说过他，但在控制站内第一次见到他时还是很吃惊，水娃想象不出一位瘫痪到如此程度的人如何做出这么大的成就，尽管他对这位大科学家做了什么还一无所知。但在散步时，他丝毫看不出霍金的瘫痪，也许是霍金有操纵电动轮椅的经验，他操纵太空服上的微型发动机与正常人一样灵活。

霍金与水娃的交流很困难，他虽然植入了由脑电波控制的电子发声系统，说话不像 20 世纪那么困难了，但他的话要通过实时翻译器译成中文水娃才能听得懂。按领导的交代，为了不影响霍金思考问题，水娃从不主动搭话，但霍金却很愿与他交谈。

霍金最先是问水娃的身世，然后回忆起自己的早年，他向水娃讲述童年时在阿尔班斯住的那幢阴冷的大房子，冬天结了冰的高大客厅中响着瓦格纳的音乐；还有那辆放在奥斯明顿磨坊牧场的马戏车，他常和妹妹玛丽一起乘着它到海滩去；还有他常与父亲去的齐尔顿领地的爱文豪灯塔……水娃惊叹这位老人的记忆力，更让他吃惊的是，他们之间居然有共同语言，水娃讲述家乡的一切，霍金很爱听，当走到镜面边缘时还让水娃指给他看家乡的位置。

时间长了，谈话不可避免地转到科学方面，水娃本以为这会结束他们之间难得的交流，但并非如此，向普通人用最通俗的语言讲述艰深的物理学和宇宙学，对霍金似乎是一种休息。他向水娃讲述了大爆炸、黑洞、量子引力，水娃回去后就啃霍金在20世纪写的那本薄薄的小书，再向站里的工程师和科学家请教，居然明白了不少。

"知道我为什么喜欢这里吗？"一次散步到镜面边缘时，霍金对着从边缘露出一角的地球对水娃说，"这个大镜面隔开了下面的地球，使我忘记了尘世的存在，能全身心地面对宇宙。"

水娃说："下面的世界好复杂的，可从这里远远地看，宇宙又是那么简单，只是空间中撒着一些星星。"

"是的，孩子，真是这样。"霍金点点头说。

反射镜的背面与正面一样，也是镜面，只是多了如一座座小黑塔似的姿态和形状调整发动机。每天散步时，霍金和水娃两人就紧贴着镜面缓缓地飘行，常常从中心一直飘到镜面的边缘。没有月亮时,反射镜的背面很黑,表面是星空的倒影。与正面相比,这里的地平线很近,且能看出弧形,星光下,由支撑梁组成的黑色经纬线在他们脚下移动,他们仿佛飘行在一个宁静的小星球的表面。遇上姿态或形状调整,反射镜背面的发动机启动,这小星球的表面被一柱柱小火苗照亮,更使这里显出一种美丽的神秘。在这小小的世界之上,银河在灿烂地照耀着。就在这样的境界中,水娃第一次接触到宇宙最深层的奥秘,他明白了自己所看到的所有星空,在大得无法想象的宇宙中也只是一粒灰尘,而这整个宇宙,不过是百亿年前一次壮丽焰火的余烬。

许多年前作为蜘蛛人踏上第一座高楼的楼顶时,水娃看到了整个北京;来到中国太阳时,他看到了整个地球;现在,水娃面对着他人生的第三个壮丽的时刻,他站到了宇宙的楼顶上,看到了他以前做梦都不会想到的东西,虽然这知识还很粗浅,但足以使那更遥远的世界对他产生一种难以抗拒的吸引力。

有一次水娃向站里的一位工程师说出了自己的一个困惑:"人类在20世纪60年代就登上了月球,为什么后来反而缩了回来,到现在还没登上火星,甚至连月球也不去了?"

工程师说:"人类是现实的动物,20世纪中叶那些由理想主义和信仰驱动的东西是没有长久生命力的。"

"理想和信仰不好吗?"

"不是说不好，但经济利益更好，如果从那时开始人类就不惜代价，做飞向外太空的赔本买卖，地球现在可能还在贫困之中，你我这样的普通人反而不可能进入太空，虽然只是在近地空间。朋友，别中了霍金的毒，他那套东西一般人玩不了的！"

水娃从此变了，他仍然与以前一样努力工作，表面平静地生活，但显然在想着更多的事。

时光飞逝，二十年过去了。这二十年中，水娃和他的伙伴们从三万六千千米的高度清楚地看到了祖国和世界的变化，他们看到，三北防护林形成了一条横贯中国东西的绿带，黄色的沙漠渐渐被绿色覆盖，家乡也不再缺少雨水和白雪，村前干枯的河床又盈满了清流……这一切也有中国太阳的一份功劳，它在改变大西北气候的宏大工程中起了很大的作用。除此之外，这些年中国太阳还干了许多不寻常的事，比如融化乞力马扎罗山的积雪以缓解非洲干旱，使举行奥运会的城市成为真正的不夜城……

但对于最新的技术来说，用这种方式影响天气显得过于笨拙，且有太多的副作用，中国太阳已完成了它的使命。

国家太空产业部举行了一个隆重的仪式，为人类第一批太空产业工人授勋。这不仅仅是表彰他们二十年来的辛勤而出色的工作，更重要的是，这六十位只有小学和初中文化程度的青年进入太空工作，标志着太空开发已对所有人敞开了大门，经济学家们一致认为，这是太空开发产业化的真正开端。

这个仪式引起了新闻媒体的极大注意,除了以上原因,在普通大众心中,"镜面农夫"们的经历具有传奇色彩,同时,在这个追逐与忘却的时代,有一个怀旧的机会也是很不错的。

当年那些憨厚朴实的小伙子现在都已人到中年,但他们看上去变化并不是太大,人们从全息电视中还能认出他们。他们中的大部分人已通过各种方式接受了高等教育,其中有一些人还获得了太空工程师的职称,但无论在自己还是公众的眼里,他们仍是那群来自乡村的打工者。

水娃代表伙伴们讲话,他说:"随着电磁输送系统的建成,现在进入近地空间的费用,只及乘飞机飞越太平洋费用的一半,太空旅行已变成了一件平常而平淡的事。但新一代人很难想象,在二十年前进入太空对一个普通人来说意味着什么,很难想象那会是怎样令他激动和热血沸腾,我们就是那样一群幸运者。

"我们这些人很普通,没什么可说的,我们能有这样不寻常的经历是因为中国太阳。这二十年来,它已成为我们的第二家园,在我们的心目中它很像一个微缩的地球。最初,我们把镜面上的接缝当作北半球的经纬线,说明自己的位置时总是说在北纬多少度、东经西经多少度;到后来,随着我们对镜面的熟悉,渐渐在上面划分出了大陆和海洋,我们会说自己是在北京或莫斯科,我们每个人的家乡在镜面上也都有对应的位置，对那一块我们擦得最勤……在这个银色的小地球上我们努力工作，尽了自己的责任。先后有五位镜面清洁工为中国太阳献出了生命，他们有的是在太阳磁暴爆发时没来得及隐蔽，有的是被陨石或太空垃圾击中。

"现在，这块我们生活和工作了二十年的银色土地就要消失了，我们很难用语言表达自己的感受。"

水娃沉默了，已是太空产业部部长的庄宇接过了话头说："我完全理解你们的感受，但在这里可以欣慰地告诉大家，中国太阳不会消失！这我想你们也都知道了，对于这样一个巨大的物体，不可能采用20世纪的方式，让它坠入大气层烧掉，它将用另一种方式找到自己的归宿。其实很简单，只要停止进行轨道理发，并进行适当的姿态调整，太阳风和光压将最终使它超过第二宇宙速度，离开地球成为太阳的卫星。许多年后，行星际飞船会在遥远的地方找到它，那时我们也许会把它变成一个博物馆，我们这些人会再次回到那银色的平原上，一起回忆我们这段难忘的岁月。"

水娃突然显得激动起来，他大声问庄宇："部长先生，你真的认为会有这一天，你真的认为会有行星际飞船吗？"

庄宇呆呆地看着水娃，一时说不出话来。

水娃接着说："20世纪中叶，当阿姆斯特朗在月球上印下第一个脚印时，几乎所有的人都相信人类将在十到二十年之内登上火星。现在,八十六年过去了,别说火星了,月球也再没人去过,理由很简单,那是赔本买卖。

"冷战结束后,经济准则一天天地统治世界,人类在这个准则下也取得了巨大的成就。现在,我们消灭了战争和贫困,恢复了生态,地球正在变成一个乐园。这就使我们更加坚信经济准则的正确性,它已变得至高无上,渗透到我们的每个细胞中,人类社会已变成了百分之百的经济社会,投入大于产出的事是再也不会做了。对月球的开发没有经济意义,对行星的大规模载人探测是经济犯罪,至于进行恒星际航行,那是地地道道的精神变态,现在,人类只知道投入、产出,并享受这些产出了!"

庄宇点点头说:"本世纪人类的太空开发仍局限于近地空间,这是事实,它有许多更深刻的原因,已超出了我们今天的话题。"

"没有超出,现在,我们有了一个机会,只需花很少的钱就能飞出近地空间进行远程宇宙航行。太阳光压可以把中国太阳推出地球轨道,同样能把它推到更远的地方。"

庄宇笑着摇摇头:"呵,你是说把中国太阳作为一个太阳帆船?从理论上说是没问题的,反射镜的主体薄而轻,面积巨大,经过长期的光压加速,理论上它会成为人类迄今发射过的速度最快的航天器。但这也只是从理论而言,实际情况是,一艘船只有帆并不能远航,它上面还要有人,一艘无人的帆船只能在海上来回打转,连港口都驶不出去,记得史蒂文森的《金银岛》里对此有生动的描述。要想借助于光压远航并返回，反射镜需要精确而复杂的姿态控制，而中国太阳是为在地球轨道上运行而设计的，离开了人的操作，它自己只能沿着无规则的航线瞎飘一气，而且飘不了太远。"

"不错，但它上面会有人的，我来驾驶它。"水娃平静地说。

这时，收视统计系统显示，这个频道的收视率急剧上升，全世界的目光正在被吸引过来。

"可你一个人同样控制不了中国太阳，它的姿态控制至少需要……"

"至少需要十二人，考虑到星际航行的其他因素，至少需要十五到二十人，我相信会有这么多志愿者的。"

庄宇不知所措地笑笑："真没想到，我们今天的谈话会转移到这个方向。"

"庄部长，二十多年前，你不止一次地改变了我的人生方向。"

"可我万万没有想到你沿着那个方向走了这么远，已远远超过我了。"庄宇感慨地说，"好吧，很有意思，让我们继续讨论下去吧！嗯……很遗憾，这个想法是不可行的——中国太阳最合理的航行目标是火星，可你想过没有，中国太阳不可能在火星上登陆，如果要登陆，将又是一笔巨大的开支，会使这个计划失去经济上的可行性；如果不登陆，那和无人探测器没有区别，有什么意思呢？"

"中国太阳不去火星。"

庄宇迷惑地看着水娃："那去哪里？木星？"

"也不是木星，去更远的地方。"

"更远？去海王星？去冥王……"庄宇突然顿住，呆呆地盯着水娃看了好一会儿，"天哪，你不会是说……"

水娃坚定地点点头："是的，中国太阳将飞出太阳系，成为恒星际飞船！"

与庄宇一样，全世界顿时目瞪口呆。

庄宇两眼平视前方，机械地点点头："好吧，就让我们不当你是在开玩笑，你让我大概估算一下……"说着，他半闭起双眼开始心算。

"我已经算好了，借助太阳的光压，中国太阳最终将加速到光速的十分之一，考虑到加速所用的时间，大约需四十五年时间到达比邻星。然后再借助比邻星的光压减速，完成对半人马座三星系统的探测后，向相反的方向加速，再用几十年时间返回太阳系。听起来是个美妙的计划，但实际上只是一个根本不可能实现的梦想。"

"你又想错了，到达比邻星后中国太阳不减速，以每秒三万多千米的速度掠过它，并借助它的光压再次加速，飞向天狼星。如果有可能，我们还会继续蛙跳，飞向第三颗恒星，第四颗……"

"你到底要干什么？"庄宇失态地大叫起来。

"我们向地球所要求的,只是一套高可靠性但规模较小的生态循环系统。"

"用这套系统维持二十个人上百年的生命?"

"听我说完,和一套生命低温冬眠系统。在航行的大部分时间我们处于冬眠状态,只在接近恒星时才启动生态循环系统,按目前的技术,这足以维持我们在宇宙中航行上千年。当然,这两套系统的价格也不低,但比起人类从头开始一次恒星际载人探测来,它所需资金只有其千分之一。"

"就是一分钱不要,世界也不会允许二十个人去自杀。"

"这不是自杀,只是探险,也许我们连近在眼前的小行星带都过不去,也许我们会到达天狼星甚至更远,不试试怎么知道?"

"但有一点与探险不同,你们肯定是回不来了。"

水娃点点头:"是的,回不来了。有人满足于老婆孩子热炕头,从不向与己无关的尘世之外扫一眼;有的人则用尽全部生命,只为看一眼人类从未见过的事物。这两种人我都做过,我们有权选择各种生活,包括在十几光年之遥的太空中飘荡的一面镜子上的生活。"

"最后一个问题,在上千年的时间里,以每秒几万甚至十几万千米的速度掠过一颗又一颗恒星,发回人类要经过几十年甚至几个世纪才能收到的微弱电波,这有太大意义吗?"

水娃微笑着向全世界说:"飞出太阳系的中国太阳,将会使享乐中的人类重新仰望星空，唤回他们的宇宙远航之梦，重新燃起他们进行恒星际探险的愿望。"

人生的第六个目标：飞向星海，把人类的目光重新引向宇宙深处

庄宇站在航天大厦的楼顶，凝视着天空中快速移动的中国太阳。在它的光芒下，首都的高楼投下了无数快速移动的影子，使得北京仿佛是一个随着中国太阳转动的大面孔。

这是中国太阳最后一次环绕地球运行，它已达到了第二宇宙速度，将飞出地球的引力场，进入绕太阳运行的轨道。这人类第一艘载人恒星际飞船上有二十个人，除水娃外，其他人是从上百万名志愿者中挑选出来的，其中包括三名与水娃共事多年的"镜面农夫"。中国太阳还未启程就达到了它的目标：人类社会对太阳系外宇宙探险的热情再次出现了。

庄宇的思绪回到了二十三年前的那个闷热的夏夜，在那个西北城市，他和一个来自干旱土地的农村男孩儿登上了开往北京的夜行列车。

作为告别，中国太阳把它的光斑依次投向各大城市，让人们最后一次看到它的光芒。最后，中国太阳的光斑投向大西北，水娃出生的那个小村庄就在光斑之中。

村边的小路旁，水娃的爹娘同乡亲们一起注视着向东方飞行的中国太阳。

水娃爹喊道："娃啊，你要到老远的地方去吗？"

水娃从太空中回答："是啊，爹，怕是回不了家了。"

水娃娘问："那地方很远？"

水娃回答："很远，娘。"

水娃爹问："比月亮还远吗？"

水娃沉默了几秒钟，用比刚才低许多的声音说："是的，爹，比月亮远些。"

水娃的爹娘并不觉得特别难受，娃是在那比月亮还远的地方干大事呢！再说，这可是个了不起的年头，即使是远在天涯海角的人，随时都可以和他说话，还可以在小电视上看见他，这跟面对面没啥子区别。但他们不会想到，随着时间的流逝，那小屏幕上的儿子将变得越来越迟钝，对爹娘关切的问话，他要想好长时间才能回答。他想的时间开始只有几秒钟，以后越来越长，一年后，爹娘每问一句话，儿子将呆呆地想一个多小时才能回答。最后儿子将消失，他们将被告知水娃睡觉了，这一觉要睡四十多年。在这以后，水娃的爹娘将用尽余生，继续照顾那块曾经贫瘠、现已肥沃起来的土地，过完他们那充满艰辛但已很满足的一生。他们最后的愿望将是在遥远未来的一天，终于回家的儿子能看到一个更美好的家园。

中国太阳正在飞离地球轨道，它在东方的天空中渐渐暗下去，它周围的蓝天也慢慢缩为一点，最后，它将变为一颗星星融入群星之中，但早在这之前，恒星太阳的曙光就会把它完全淹没。

曙光也照亮了村前的这条小路，现在它的两旁已种上了两排白杨，不远处还有一条与它平行的小河。二十四年前的那天，也是在这清晨时分，在同样的曙光下，一个西北农家的孩子怀着朦胧的希望在这条小路上渐渐远去。

这时北京的天已经大亮，庄宇仍站在航天大厦的楼顶，望着中国太阳最后消失的位置，它已踏上了漫长的不归路。中国太阳将首先进入金星轨道之内，尽可能地接近太阳，以获得更大的加速光压和更长的加速距离，这将通过一系列复杂的变轨飞行来实现，其行驶方式很像大航海时代驶逆向风的帆船。七十天后，它将通过火星轨道；一百六十天后，它将掠过木星；两年后，它将飞出冥王星轨道成为一艘恒星际飞船，飞船上的所有人将进入冬眠；四十五年后它将掠过半人马座，宇航员们将短暂苏醒，自中国太阳启程一个世纪后，地球才能收到他们发回的关于半人马座的探测信息；这时，中国太阳正在飞向天狼星的路上，由于半人马座三星的加速，它的速度将达到光速的15%，将于六十年后，也就是自地球启程一个世纪后到达天狼星，当中国太阳掠过这个由天狼星 A、B 构成的双星系统后，它的速度将增加到光速的十分之二，向星空的更深处飞去。按照飞船上生命冬眠系统能维持的时间极限，中国太阳有可能到达波江座 -ε 星，甚至可能（虽然这种可能性很小很小）最后到达鲸鱼座 79 星，这些恒星被认为可能有行星存在。

谁也不知道中国太阳将飞多远，水娃他们将看到什么样的神奇世界，也许有一天他们对地球发出一声呼唤，要上千年才能得到回音。但水娃始终会牢记母亲行星上的一个叫中国的国度，牢记那个国度西部一片干旱土地上的一个小村庄，牢记村前的那条小路，他就是从那里启程的。

朝 闻 道

爱因斯坦赤道

"有一句话我早就想对你们说，"丁仪对妻子和女儿说，"我心中的位置大部分都被物理学占据了，只是努力挤出了一个小角落给你们。对此，我心里很痛苦，但也实在是没办法。"

他的妻子方琳说："这话你对我说过两百遍了。"

十岁的女儿文文说："对我也说过一百遍了。"

丁仪摇摇头说："可你们始终没能理解我这话的真正含义，你们不懂得物理学到底是什么。"

方琳笑着说："只要它的性别不是女的就行。"

这时，他们一家三口正坐在一辆时速达五百千米的小车里，行驶在一条直径五米的钢管中，这根钢管的长度约为三万千米，在北纬四十五度线上绕地球一周。

小车完全自动行驶，透明的车舱内没有任何驾驶设备。从车里看出去，钢管笔直地伸向前方，小车像是一颗在无限长的枪管中正在射出的子弹，如果不是周围的管壁如湍急的流水飞快掠过，肯定觉察不出车的运动。在小车启动或停车时，可以看到管壁上安装的数量巨大的仪器，还有无数等距离的箍圈，当车加速起来后，它们就在两旁浑然一体地掠过，看不清了。丁仪告诉她们，那些箍圈是用来产生强磁场的超导线圈，而悬在钢管正中的那条细管是粒子通道。

他们正行驶在人类迄今所建立的最大的粒子加速器中，这台环绕地球一周的加速器被称为爱因斯坦赤道，借助它，物理学家们将实现 20 世纪那个巨人肩上的巨人最后的梦想——建立宇宙的大统一模型。

这辆小车本是加速器工程师们用于维修的，现在被丁仪用来带着全家进行环球旅行，这旅行是他早就答应妻子和女儿的，但她们万万没有想到要走这条路。整个旅行耗时六十个小时，在这环绕地球一周的行驶中，她们除了笔直的钢管什么都没有看到。不过方琳和文文还是很高兴、很满足，至少在这两天多的时间里，全家人难得地聚在一起。

旅行的途中也并不枯燥，丁仪不时指着车外飞速掠过的管壁对文文说:"我们现在正在驶过蒙古国,看到大草原了吗?还有羊群……通过俄罗斯,擦过日本北角。看,朝阳照到积雪的国后岛上了,那可是今天亚洲迎来的第一抹阳光……我们现在在太平洋底了,真黑,什么都看不见。哦不,那边有亮光,暗红色的,嗯,看清了,那是洋底火山口,它涌出的岩浆遇水很快冷却了,所以那暗红光一闪一闪的,像海底平原上的篝火。文文,大陆正在这里生长啊……"

后来,他们又在钢管中驶过了美国全境,潜过了大西洋,从法国海岸登上欧洲的土地,驶过意大利和巴尔干半岛,第二次进入俄罗斯,然后从里海回到亚洲,穿过哈萨克斯坦进入中国。现在,他们正走完最后的路程,回到了爱因斯坦赤道在塔克拉玛干沙漠中的起点——世界核子中心,这也是环球加速器的控制中心。

当丁仪一家从控制中心大楼出来时,外面已是深夜,广阔的沙漠静静地在群星下伸向远方,世界显得简单而深邃。

"好了,我们三个基本粒子,已经在爱因斯坦赤道中完成了一次加速试验。"丁仪兴奋地对方琳和文文说。

"爸爸,真的粒子要在这根大管子中跑这么一大圈,要多长时间?"文文指着他们身后的加速器管道问,那管道从控制中心两侧向东西两个方向延伸,很快消失在夜色中。

丁仪回答说："明天，加速器将首次以它最大的能量运行，在其中运行的每个粒子，将受到相当于一颗核弹的能量的推动，它们将加速到接近光速。这时，每个粒子在管道中只需十分之一秒就能走完我们这两天多的环球旅程。"

方琳说："别以为你已经实现了自己的诺言，这次环球旅行是不算的！"

"对！"文文点点头说，"爸爸以后有时间，一定要带我们在这长管子的外面沿着它走一圈，真正看看我们在管子里面到过的地方，那才叫真正的环球旅行呢！"

"不需要，"丁仪对女儿意味深长地说，"如果你睁开了想象的眼睛，那这次的旅行就足够了，你已经在管子中看到了你想看的一切，甚至更多！孩子，更重要的是，蓝色的海洋、红色的花朵、绿色的森林都不是最美的东西，真正的美眼睛是看不到的，只有凭借想象力才能看到它，与海洋、花朵、森林不同，它没有色彩和形状，只有当你用想象力和数学把整个宇宙在手中捏成一团儿，使它变成你的一个心爱的玩具时，你才能看到这种美……"

丁仪没有回家，送走妻女后，他回到了控制中心。中心只有不多的几个值班工程师，在加速器建成并经过历时两年的紧张调试后，这里第一次这么宁静。

丁仪上到楼顶，站在高高的露天平台上，他看到下面的加速器管道像一条把世界一分为二的直线，他有一种感觉：夜空中的星星像无数只瞳仁，它们的目光此时都聚集在下面这条直线上。

丁仪回到下面的办公室，躺在沙发上睡着了，进入了一个理论物理学家的梦乡。

他坐在一辆小车里，小车停在爱因斯坦赤道的起点。小车启动，他感觉到了加速时强劲的推力。他在北纬四十五度线上绕地球旋转，一圈又一圈，像轮盘赌上的骰子。随着速度趋近光速，急剧增加的质量使他的身体如一尊金属塑像般凝固了，意识到了这个身体中已蕴含了创世的能量，他有一种帝王般的快感。在最后一圈，他被引入一条支路，冲进一个奇怪的地方，这是虚无之地。他看到了虚无的颜色，虚无不是黑色的，也不是白色的，它的色彩就是无色彩，但也不是透明的，在这里，空间和时间都还有待于他去创造。他看到前方有一个小黑点，急剧扩大，那是另一辆小车，车上坐着另一个自己。他们以光速相撞后同时消失了，只在无际的虚空中留下一个无限小的奇点，这万物的种子爆炸开来，能量火球疯狂暴涨。当弥漫整个宇宙的红光渐渐减弱时，冷却下来的能量让天空中的物质如雪花般出现了。开始是稀薄的星云,然后是恒星和星系群。在这个新生的宇宙中，丁仪拥有一个量子化的自我，他可以瞬间从宇宙的一端跃至另一端。其实他并没有跳跃，他同时存在于这两端，他同时存在于这浩大宇宙中的每一点，他的自我像无际的雾气弥漫于整个太空，由恒星沙粒组成的银色沙漠在他的体内燃烧。他无所不在的同时又无所在,他知道自己的存在只是一个概率的幻影,这个多态叠加的幽灵渴望地环视宇宙,寻找那能使自己坍缩为实体的目光。正找着,这目光就出现了,它来自遥远太空中浮现出的两双眼睛,它们出现在一道由群星织成的银色帷幕后面,那双有着长长睫毛的美丽的眼睛是方琳的,那双充满天真灵性的眼睛是文文的。这两双眼睛在宇宙中茫然扫视,最终没能觉察到这个量子自我的存在,波函数颤抖着,如微风抚过平静的湖面,但坍缩没有发生。正当丁仪陷入绝望之时,茫茫的星海扰动起来,群星汇成的洪流在旋转奔涌,当一切都平静下来时,宇宙间的所有星星构成了一只大眼睛。那只百亿光年大小的眼睛如钻石粉末在黑色的天鹅绒上撒出的图案,它盯着丁仪看,波函数在瞬间坍缩,如倒着放映的焰火影片,他的量子存在凝聚在宇宙中微不足道的一点上,他睁开双眼,回到了现实。

是控制中心的总工程师把他推醒的,丁仪睁开眼,看到核子中心的几位物理学家和技术负责人围着他躺的沙发站着,他们用看一个怪物的目光盯着他看。

"怎么?我睡过了吗?"丁仪看看窗外,发现天已亮了,但太阳还未升起。

"不,出事了!"总工程师说。这时丁仪才知道,大家那诧异的目光不是冲着他的,而是由于刚发生的那件事情。总工程师拉起丁仪,带他向窗口走去,丁仪刚走了两步就被人从背后拉住了,回头一看,是一位叫松田诚一的日本物理学家,上届诺贝尔物理学奖获得者之一。

"丁博士,如果您在精神上无法承受马上要看到的东西,也不必太在意,我们现在可能是在梦中。"日本人说。他脸色苍白,抓着丁仪的手在微微颤抖。

"我刚从梦中出来!"丁仪说,"发生了什么事?"

大家仍用那种怪异的目光看着他,总工程师拉起他继续朝窗口走去,当丁仪看到窗外的景象时,立刻对自己刚才的话产生了怀疑,眼前的现实突然变得比刚才的梦境更虚幻了。

在淡蓝色的晨光中,以往他熟悉的横贯沙漠的加速器管道消失了,取而代之的是一条绿色的草带,这条绿色大道沿东西两个方向伸向天边。

"再去看看中心控制室吧!"总工程师说。丁仪随着他们来到楼下的控制大厅,又受到了一次猝不及防的震撼——大厅一片空旷,所有的设备都消失得无影无踪,原来放置设备的位置也长满了青草,那草是直接从防静电地板上长出来的。

丁仪发疯似的冲出控制大厅,奔跑着绕过大楼,站到那条取代加速器管道的草带上,看着它消失在太阳即将升起的东方地平线上,在早晨沙漠上寒冷的空气中,他打了个寒战。

"加速器的其他部分呢?"他问喘着气跟上来的总工程师。

"都消失了，地上、地下和海中的，全部消失了。"

"也都变成了草？！"

"哦不，草只在我们附近的沙漠上有，其他部分只是消失了，地面和海底部分只剩下空空的支座，地下部分只留下空隧道。"

丁仪弯腰拔起了一束青草，这草在别的地方看上去一定很普通，但在这里就很不寻常：它完全没有红柳或仙人掌之类的耐旱的沙漠植物的特点，看上去饱含水分，青翠欲滴，这样的植物只能生长在多雨的南方。丁仪搓碎了一根草叶，手指上沾满了绿色的汁液，一股淡淡的清香飘散开来。丁仪盯着手上的小草呆立了很长时间，最后说："看来，这真是梦了。"

东方传来一个声音："不，这是现实！"

真空衰变

在绿色草路的尽头，朝阳已升起了一半，它的光芒照花了人们的眼睛。在这光芒中，有一个人沿着草路向他们走来，开始他只是一个以日轮为背景的剪影，剪影的边缘被日轮侵蚀，显得变幻不定。当那人走近些后，人们看到他是一名中年男子,穿着白衬衣和黑裤子,没打领带。再近些,他的面孔也可以看清了,这是一张兼具亚洲人和欧洲人特点的脸,这一点在这个地区并没有什么不寻常,但人们绝不会把他误认为是当地人。他的五官太端正了,端正得有些不现实,像某些公共标志上表示人类的一个图符。当他再走近些时,人们也不会把他误认为是这个世界的人了,他并没有走,他一直两腿并拢笔直地站着,鞋底紧贴着草地飘浮而来。在距他们两三米处,来人停了下来。

"你们好,我以这个外形出现是为了我们之间能更好地交流,不管各位是否认可我的人类形象,我已经尽力了。"来人用英语说,他的话音一如其面孔,极其标准而无特点。

"你是谁?"有人问。

"我是这个宇宙的排险者。"

这个回答中有几个含义深刻的字立刻深入了物理学家们的脑海——这个宇宙。

"您和加速器的消失有关吗?"总工程师问。

"它在昨天夜里被蒸发了,你们计划中的试验必须被制止。作为补偿,我送给你们这些草,它们能在干旱的沙漠上以很快的速度生长蔓延。"

"可这些都是为了什么呢?"

"这个加速器如果真以最大功率运行,能将粒子加速到 10 的 20 次方电子伏特,这接近宇宙大爆炸的能量,可能给我们的宇宙带来灾难。"

"什么灾难?"

"宇宙衰变。"

听到这回答,总工程师扭头看了看身边的物理学家们,他们都沉默不语,紧锁眉头思考着什么。

"还需要进一步解释吗?"排险者问。

"不,不需要了。"丁仪轻轻地摇摇头说。物理学家们本以为排险者会说出一个人类完全无法理解的概念,但没想到,他说出的内容人类的物理学界早在20世纪80年代初就想到了,只是当时大多数人都认为那不过是一个新奇的假设,与现实毫无关系,以至于现在几乎被遗忘了。

真空衰变的概念最初出现在1980年《物理评论》杂志上的一篇论文中,作者是西德尼·科尔曼和弗兰克·德卢西亚。早在这之前狄拉克就指出,我们宇宙中的真空可能是一种伪真空,在那似乎空无一物的空间里,幽灵般的虚粒子在短得无法想象的瞬间出现又消失,这瞬息间创生与毁灭的活剧在空间的每一点上无休止地上演,使得我们所说的真空实际上是一个沸腾的量子海洋,这就使得真空具有一定的能级。科尔曼和德卢西亚的新思想在于:他们认为某种高能过程可能产生出另一种状态的真空,这种真空的能级比现有的真空低,甚至可能出现能级为零的"真真空"。这种真空的体积开始可能只有一个原子大小,但它一旦形成,周围相邻的高能级真空就会向它的能级跌落,变成与它一样的低能级真空,这就使得低能级真空的体积迅速扩大，形成一个球形。这个低能级真空球的扩张很快就能达到光速，球中的质子和中子将在瞬间衰变，这使得球内的物质世界全部蒸发，一切归于毁灭……

"……以光速膨胀的低能级真空球将在0.03秒内毁灭地球，五个小时内毁灭太阳系，四年后毁灭最近的恒星，十万年后毁灭银河系……没有什么能阻止球体的膨胀，随着时间的推移，整个宇宙都难逃劫难。"排险者说，他的话正好接上了大多数人的思维，难道他能看到人类的思想？排险者张开双臂，做出一个囊括一切的姿势，"如果把我们的宇宙看作一个广阔的海洋，我们就是海中的鱼儿，我们周围这无边无际的海水是那么清澈透明，以至于我们忘记了它的存在。现在我要告诉你们，这不是海水，是液体炸药，一粒火星就会引发毁灭一切的大灾难。作为宇宙排险者，我的职责就是在这些火星燃到危险的温度前扑灭它。"

丁仪说："这大概不太容易，我们已知的宇宙有两百亿光年半径，即使对于你们这样的超级文明，这也是一个极其广阔的空间。"

排险者笑了笑，这是他第一次笑，这笑同样毫无特点："没有你想的那么复杂。你们已经知道，我们目前的宇宙，只是大爆炸焰火的余烬，恒星和星系，不过是仍然保持着些许温热的飘散的烟灰罢了，这是一个低能级的宇宙，你们看到的类星体之类的高能天体只存在于遥远的过去。在目前的自然宇宙中，最高级别的能量过程，如大质量物体坠入黑洞，其能级也比大爆炸低许多数量级。在目前的宇宙中，发生创世级别的能量过程的唯一机会，只能来自其中的智慧文明探索宇宙终极奥秘的努力，这种努力会把大量的能量聚焦到一个微观点上，使这一点达到创世能级。所以，我们只需要监视宇宙中进化到一定程度的文明世界就行了。"

松田诚一问："那么，你们是从何时起开始注意到人类呢？普郎克时代吗？"

排险者摇摇头。

"那么是牛顿时代？也不是？不可能远到亚里士多德时代吧？"

"都不是。"排险者说，"宇宙排险系统的运行机制是这样的——它首先通过散布在宇宙中的大量传感器监视已有生命出现的世界，当发现这些世界中出现有能力产生创世能级能量过程的文明时，传感器就发出警报，我这样的排险者在收到警报后将亲临那些世界监视其中的文明。但除非这些文明真要进行创世能级的试验，否则我们是绝不会对其进行任何干预的。"

这时，在排险者的头部左上方出现了一个黑色的正方形，约两米见方，正方形充满了深不见底的漆黑，仿佛现实被挖了一个洞。几秒钟后，那黑色的空间中出现了一个蓝色的地球影像，排险者指着影像说："这就是放置在你们世界上方的传感器拍下的地球影像。"

"这个传感器是在什么时候放置于地球的？"有人问。

"按你们的地质学纪年，在古生代末期的石炭纪。"

"石炭纪?!""那就是……三亿年前了！"人们纷纷惊呼。

"这……太早了些吧？"总工程师敬畏地问。

"早吗？不，是太晚了，当我们第一次到达石炭纪的地球，看到在广阔的冈瓦纳古陆上，皮肤湿滑的两栖动物在原生松林和沼泽中爬行时，真吓出了一身冷汗。在这之前的相当长的岁月里，这个世界都有可能突然进化出技术文明，所以，传感器应该在古生代开始时的寒武纪或奥陶纪就放置在这里。"

地球的影像向前推来，充满了整个正方形，镜头在各大陆间移动，让人想到一双警惕巡视的眼睛。

排险者说："你们现在看到的影像是在更新世末期拍摄的，距今三十七万年，对我们来说，几乎是在昨天了。"

地球表面的影像停止了移动，那双眼睛的视野固定在非洲大陆上，这个大陆正处于地球黑夜的一侧，看上去是一个被稍亮些的大洋三面围绕的大墨块。显然大陆上的什么东西吸引了这双眼睛的注意，焦距拉长，非洲大陆向前扑来，很快占据了整个画面，仿佛观察者正在飞速冲向地球表面。陆地黑白相间的色彩渐渐在黑暗中显示出来，白色的是第四纪冰期的积雪，黑色部分很模糊，是森林还是布满乱石的平原，只能由人想象了。镜头继续拉近，一个雪原充满了画面,显示图像的正方形现在全变成白色的了,是那种夜间雪地的灰白色,带着暗暗的淡蓝。在这雪原上有几个醒目的黑点,很快可以看出那是几个人影,接着可以看出他们的身形都有些驼背,寒冷的夜风吹起他们长长的披肩乱发。图像再次变黑,一个人仰起的面孔充满了画面,在微弱的光线里无法看清这张面孔的细部,只能看出他的眉骨和颧骨很高,嘴唇长而薄。镜头继续拉近,直至似乎已不可能再近的距离,一双深陷的眼睛充满了画面,黑暗中的瞳仁中有一些银色的光斑,那是映在其中的变形的星空。

图像定格,一声尖厉的鸣叫响起,排险者告诉人们,预警系统报警了。

"为什么?"总工程师不解地问。

"这个原始人仰望星空的时间超过了预警阈值,已对宇宙表现出了充分的好奇,到此为止,已在不同的地点观察到了十例这样的超限事件,符合报警条件。"

"如果我没记错的话,你前面说过,只有当有能力产生创世能级能量过程的文明出现时,预警系统才会报警。"

"你们看到的不正是这样一个文明吗?"

人们面面相觑,一片茫然。

排险者露出那毫无特点的微笑说:"这很难理解吗?当生命意识到宇宙奥秘的存在时,距它最终解开这个奥秘只有一步之遥了。"看到人们仍不明白,他接着说,"比如地球生命,用了四十多亿年时间才第一次意识到宇宙奥秘的存在,但那一时刻距你们建成爱因斯坦赤道只有不到四十万年时间,而这一进程最关键的加速期只有不到五百年时间。如果说那个原始人对宇宙的几分钟凝视是看到了一颗宝石,其后你们所谓的整个人类文明,不过是弯腰去拾它罢了。"

丁仪若有所悟地点点头:"要说也是这样,那个伟大的望星人!"

排险者接着说:"以后我就来到了你们的世界,监视着文明的进程,像是守护着一个玩火的孩子。周围被火光照亮的宇宙使这孩子着迷,他不顾一切地把火越燃越旺,直到现在,宇宙已有被这火烧毁的危险。"

丁仪想了想,终于提出了人类科学史上最关键的问题:"这就是说,我们永远不可能得到大统一模型,永远不可能探知宇宙的终极奥秘?"

科学家们呆呆地盯着排险者,像一群在最后审判日里等待宣判的灵魂。

"智慧生命有多种悲哀,这只是其中之一。"排险者淡淡地说。

松田诚一声音颤抖地问:"作为更高一级的文明,你们是如何承受这种悲哀的呢?"

"我们是这个宇宙中的幸运儿,我们得到了宇宙的大统一模型。"科学家们心中的希望之火又重新开始燃烧。

丁仪突然想到了另一种恐怖的可能："难道说，真空衰变已被你们在宇宙的某处触发了？"

排险者摇摇头："我们是用另一种方式得到的大统一模型，这一时说不清楚，以后我可能会详细地讲给你们听。"

"我们不能重复这种方式吗？"

排险者继续摇头："时机已过，这个宇宙中的任何文明都不可能再重复它。"

"那请把宇宙的大统一模型告诉人类！"

排险者还是摇头。

"求求你，这对我们很重要，不，这就是我们的一切！"丁仪冲动地想去抓排险者的胳膊，但他的手毫无感觉地穿过了排险者的身体。

"知识密封准则不允许这样做。"

"知识密封准则？"

"这是宇宙中文明世界的最高准则之一，它不允许高级文明向低级文明传递知识，我们把这种行为叫知识的管道传递。低级文明只能通过自己的探索来得到知识。"

丁仪大声说："这是一个不可理解的准则，如果你们把大统一模型告诉所有渴求宇宙最终奥秘的文明，他们就不会试图通过创世能级的高能试验来得到它，宇宙不就安全了吗？"

"你想得太简单了。这个大统一模型只是这个宇宙的，当你们得到它后就会知道，还存在着无数其他的宇宙，你们接着又会渴求得到制约所有宇宙的超统一模型。而大统一模型在技术上的应用会使你们拥有产生更高能量过程的手段，你们会试图用这种能量过程击穿不同宇宙间的壁垒。不同宇宙间的真空存在着能级差，这就会导致真空衰变，同时毁灭两个或更多的宇宙。知识的管道传递还会对接收它的低级文明产生其他更直接的不良后果和灾难，其原因大部分你们目前还无法理解，所以知识密封准则是绝对不允许违反的。这个准则所说的知识不仅是宇宙的深层秘密，它是指所有你们不具备的知识，包括各个层次的知识。假设人类现在还不知道牛顿三定律或微积分，我也同样不能传授给你们。"

科学家们沉默了，在他们眼中，已升得很高的太阳熄灭了，一切都陷入黑暗之中。整个宇宙顿时变成一个巨大的悲剧，这悲剧之大之广他们一时还无法把握，只能在余生细水长流地受其折磨，事实上他们知道，余生已无意义。

松田诚一瘫坐在草地上，说了一句后来成为名言的话："在一个不可知的宇宙里，我的心脏懒得跳动了。"

他的话道出了所有物理学家的心声，他们目光呆滞，欲哭无泪。就这样不知过了多长时间，丁仪突然打破沉默："我有一个办法，既可以使我得到大统一模型，又不违反知识密封准则。"

排险者对他点点头："说说看。"

"你把宇宙的终极奥秘告诉我，然后毁灭我。"

"给你三天时间考虑。"排险者说,他的回答不假思索,紧接着丁仪的话。

丁仪欣喜若狂:"你是说这可行?"

排险者点点头。

真理祭坛

人们是这么称呼那个巨大的半球体的,它的直径有五十米,底面朝上球面向下放置在沙漠中,远看像一座倒放的山丘。这个半球是排险者用沙子筑成的,当时沙漠中出现了一股巨大的龙卷风,风中那高大的沙柱最后凝聚成这个东西。谁也不知道他是用什么东西使大量的沙子聚合成这样一个精确的半球形状,其强度使它球面朝下放置都不会解体。但半球这样的放置方式使它很不稳定,在沙漠的阵风里它明显地摇晃。

据排险者说,在他的那个遥远世界里,这样的半球是一个论坛,在那个文明的上古时代,学者们就聚集在上面讨论宇宙的奥秘。由于这样放置的半球的不稳定性,论坛上的学者们必须小心地使他们的位置均匀地分布,否则半球就会倾斜,使上面的人都滑下来。排险者一直没有解释这个半球形论坛的含义，人们猜测，它可能是暗示宇宙的非平衡态和不稳定。

在半球的一侧，还有一条沙子构筑的长长的坡道，通过它可以从下面走上祭坛。在排险者的世界里，这条坡道是不需要的：在纯能化之前的上古时代，他的种族是一种长着透明双翼的生物，可以直接飞到论坛上。这条坡道是专为人类修筑的，他们将通过它走上真理祭坛，用生命换取宇宙奥秘。

三天前，当排险者答应了丁仪的要求后，事情的发展令世界恐慌：在短短一天时间内，有几百人提出了同样的要求，这些人除了世界核子中心的其他科学家外，还有来自世界各国的学者。开始只有物理学家，后来报名者的专业越出了物理学和宇宙学，出现了数学、生物学等其他基础学科的科学家，甚至还有经济学和史学这类非自然科学的学者。这些要求用生命来换取真理的人，都是他们所在学科的刀锋，是科学界精英中的精英，其中诺贝尔奖获得者就占了一半，可以说，在真理祭坛前聚集了人类科学的精华。

真理祭坛前其实已不是沙漠了，排险者在三天前种下的草迅速蔓延，那条草带已宽了两倍，它那已变得不规则的边缘已伸到了真理祭坛下面。在这绿色的草地上聚集了上万人，除了这些即将献身的科学家和世界各大媒体的记

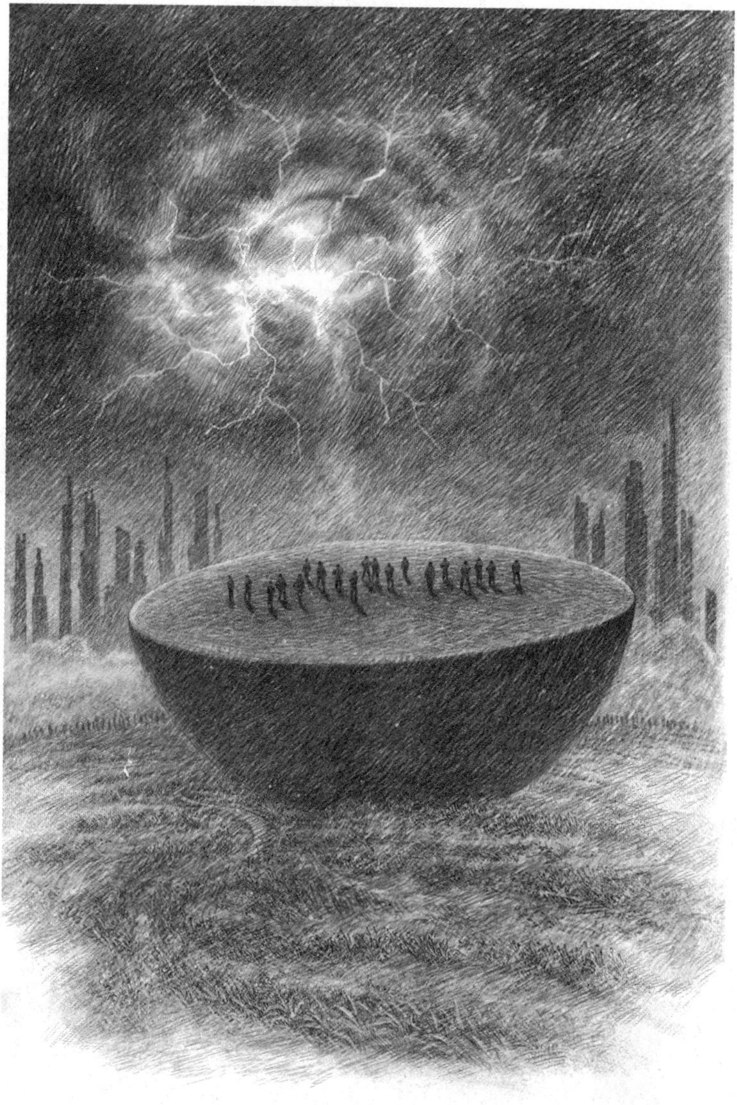

据排险者说，在他的那个遥远世界里，这样的半球是一个论坛，在那个文明的上古时代，学者们就聚集在上面讨论宇宙的奥秘。

者外，还有科学家们的亲人和朋友，两天两夜无休止的劝阻和哀求已使他们心力交瘁，精神都处于崩溃的边缘，但他们还是决定在这最后的时刻做最后的努力。与他们一同做这种努力的还有数量众多的各国政府的代表，其中包括十多位国家元首，他们也在竭力挽留自己国家的科学精英。

"你怎么把孩子带来了?！"丁仪盯着方琳问，在他们身后，毫不知情的文文正在草地上玩耍，她是这群表情阴沉的人中唯一的快乐者。

"我要让她看着你死。"方琳冷冷地说。她脸色苍白，双眼无目标地平视远方。

"你认为这能阻止我？"

"我不抱希望，但能阻止你女儿将来像你一样。"

"你可以惩罚我，但孩子……"

"没人能惩罚你，你也别把即将发生的事伪装成一种惩罚，你正走在通向自己梦中天堂的路上！"

丁仪直视着爱人的双眼说："琳，如果这是你的真实想法，那么你终于从最深处认识了我。"

"我谁也不认识，现在我的心中只有仇恨。"

"你当然有权恨我。"

"我恨物理学！"

"可如果没有它，人类现在还是丛林和岩洞中愚钝的动物。"

"但我现在并不比它们快乐多少！"

"但我快乐，也希望你能分享我的快乐。"

"那就让孩子也一起分享吧，让她亲眼看到父亲的下场，长大后至少会远离物理学这种毒品！"

"琳，把物理学称为毒品，你也就从最深处认识了它。看，这两天你真正认识了多少东西，如果你早些理解这些，我们就不会有现在的悲剧了。"

那几位国家元首则在真理祭坛上努力劝说排险者，让他拒绝那些科学家的要求。

美国总统说："先生——我可以这么称呼您吗？我们的世界里最出色的科学家都在这里了，您真想毁灭地球的科学吗？"

排险者说："没有那么严重，另一批科学精英会很快涌现并补上他们的位置，对宇宙奥秘的探索欲望是所有智慧生命的本性。"

"既然同为智慧生命，您就忍心杀死这些学者吗？"

"这是他们自己的选择，生命是他们自己的，他们当然可以用它来换取自己认为崇高的东西。"

"这个用不着您来提醒我们！"俄罗斯总统激动地说，"用生命来换取崇高的东西对人类来说并不陌生，在20世纪的一场战争中，我的国家就有两千多万人这么做了。但现在的事实是，那些科学家的生命什么都换不到！只有他们自己能得知那些知识，这之后，你只给他们十分钟的生存时间！他们对真理的渴望已成为一种地地道道的变态，这您是清楚的！"

"我清楚的是，他们是这个星球上仅有的正常人。"

元首们面面相觑，然后都困惑地看着排险者，说他们不明白他的意思。

排险者伸开双臂拥抱天空："当宇宙的和谐之美一览无遗地展现在你面前时，付出生命只是一个很小的代价。"

"但他们看到这美后只能再活十分钟！"

"就是没有这十分钟，仅仅经历看到那终极之美的过程，也是值得的。"

元首们又互相看了看，都摇头苦笑。

"随着文明的进化，像他们这样的人会渐渐多起来的。"排险者指指真理祭坛下的科学家们说，"最后，当生存问题完全解决，当爱情因个体的异化和融和而消失，当艺术因过分的精致和晦涩而最终死亡，对宇宙终极美的追求便成为文明存在的唯一寄托，他们的这种行为方式也就符合了整个世界的基本价值观。"

元首们沉默了一会儿，试着理解排险者的话，美国总统突然哈哈大笑起来："先生，您在耍我们，您在耍弄整个人类！"

排险者露出一脸困惑："我不明白……"

日本首相说："人类还没有笨到你想象的程度，你话中的逻辑错误连小孩子都明白!"

排险者显得更加困惑了:"我看不出这有什么逻辑错误。"

美国总统冷笑着说:"一万亿年后,我们的宇宙肯定充满了高度进化的文明。照您的意思,对终极真理的这种变态的欲望将成为整个宇宙的基本价值观,那时全宇宙的文明将一致同意,用超高能的试验来探索囊括所有宇宙的超统一模型,不惜在这种试验中毁灭包括自己在内的一切?您想告诉我们这种事会发生?"

排险者盯着元首们长时间不说话,那怪异的目光使他们不寒而栗,他们中有人似乎悟出了什么:"您是说……"

排险者举起一只手制止他说下去,然后向真理祭坛的边缘走去。在那里,他用响亮的声音对所有人说:"你们一定很想知道我们是如何得到这个宇宙的大统一模型的,现在可以告诉你们了。

"很久很久以前,我们的宇宙比现在小得多,而且很热,恒星还没有出现,但已有物质从能量中沉淀出来,形成弥漫在散发着红光的太空中的星云。这时生命已经出现了,那是一种力场与稀薄的物质共同构成的生物,其个体看上去很像太空中的龙卷风。这种星云生物的进化速度快得像闪电,很快产生了遍布全宇宙的高度文明。当星云文明对宇宙终极真理的渴望达到顶峰时,全宇宙的所有世界一致同意,冒着真空衰变的危险进行创世能级的试验,以探索宇宙的大统一模型。

"星云生物操纵物质世界的方式与现今宇宙中的生命完全不同，由于没有足够多的物质可供使用，他们的个体自己进化为自己想要的东西。在最后的决定做出后，某些世界中的一些个体飞快地进化，把自己进化为加速器的一部分。最后，上百万个这样的星云生物排列起来，组成了一台能把粒子加速到创世能级的高能加速器。加速器启动后，暗红色的星云中出现了一个发出耀眼蓝光的灿烂光环。

"他们深知这个试验的危险，因此在试验进行的同时把得到的结果用引力波发射出去，引力波是唯一能在真空衰变后存留下来的信息载体。

"加速器运行了一段时间后，真空衰变发生了。低能级的真空球从原子大小以光速膨胀，转眼间扩大到天文尺度，内部的一切蒸发殆尽。真空球的膨胀速度大于宇宙的膨胀速度，虽然经过了漫长的时间，最后还是毁灭了整个宇宙。

"漫长的岁月过去了，在空无一物的宇宙中，被蒸发的物质缓慢地重新沉淀凝结，星云又出现了，但宇宙一片死寂，直到恒星和行星出现，生命才在宇宙中重新萌发。而这时，早已毁灭的星云文明发出的引力波还在宇宙中回荡，实体物质的重新出现使它迅速衰减，但就在它完全消失以前，被新宇宙中最早出现的文明接收到，它所携带的信息被破译，从这远古的试验数据中，新文明得到了大统一模型。他们发现，对建立模型最关键的数据，是在真空衰变前万分之一秒左右产生的。

"让我们的思绪再回到那个毁灭中的星云宇宙，由于真空球以光速膨胀，球体之外的所有文明世界都处于光锥视界之外，不可能预知灾难的到来，在真空球到达之前，这些世界一定在专心地接收着加速器产生的数据。在他们收到足够建立大统一模型的数据后的万分之一秒，真空球毁灭了一切。但请注意一点：星云生物的思维频率极高，万分之一秒对他们来说是一段相当长的时间，所以他们有可能在生命的最后时刻推导出了大统一模型。当然，这也可能只是我们的一种推测，更有可能的是他们最后什么也没推导出来。星云文明掀开了宇宙的面纱，但他们自己没来得及向宇宙那终极的美瞥一眼就毁灭了。更为可敬的是，开始试验前他们可能已经想到了这种可能——牺牲自己，把那些包含着宇宙终极秘密的数据传给遥远未来的文明。

"现在你们应该明白，对宇宙终极真理的追求，是文明的最终目标和归宿。"

排险者的讲述使真理祭坛上下的所有人陷入长久的沉思中，不管这个世界对他最后那句话是否认同，有一点可以肯定，他的讲述将对今后人类思想和文化的进程产生重大影响。

美国总统首先打破沉默说："您为文明描述了一幕阴暗的前景，难道生命这漫长进程中所有的努力和希望，都是为了那飞蛾扑火的一瞬间？"

"飞蛾并不觉得阴暗,它至少享受了短暂的光明。"

"人类绝不可能接受这样的人生观!"

"这完全可以理解。在我们这个真空衰变后重生的宇宙中,文明还处于萌芽阶段,各个世界都有自己的生活方式,追求着不同的目标。对大多数世界来说,对终极真理的追求并不具有至高无上的意义,为此而冒着毁灭宇宙的危险,对宇宙中大多数生命是不公平的,即使在我自己的世界中,也并非所有的成员都愿意为此牺牲一切。所以,我们自己没有继续进行探索超统一模型的高能试验,并在整个宇宙中建立了排险系统。但我们相信,随着文明的进化,总有一天宇宙中的所有世界都会认同文明的终极目标。其实就是现在,就是在你们这样一个婴儿文明中,已经有人认同了这个目标。好了,时间快到了,如果各位不想用生命换取真理,就请你们下去,让那些想这么做的人上来。"

元首们走下真理祭坛,来到那些科学家面前,进行最后的努力。

法国总统说:"能不能这样——把这事稍往后放一放,让我陪大家去体验另一种生活,让我们放松自己,在黄昏的鸟鸣中看着夜幕降临大地,在银色的月光下听着怀旧的音乐,喝着美酒想着你心爱的人……这时你们就会发现,终极真理并不像你们想的那么重要,与你们追求的虚无缥缈的宇宙和谐之美相比,这样的美更让人陶醉。"

一位物理学家冷冷地说："所有的生活都是合理的,我们没必要互相理解。"

法国元首还想说什么,美国总统已失去了耐心："好了,不要对牛弹琴了!您还看不出来这是怎样一群毫无责任心的人?还看不出这是怎样一群骗子?他们声称为全人类的利益而研究,其实只是拿社会的财富满足自己的欲望,满足他们对那种玄虚的宇宙和谐美的变态欲望!"

丁仪挤上前来拍拍他的肩膀笑着说："总统先生,科学发展到今天,终于有人对它的本质进行了比较准确的定义。"

旁边的松田诚一说："我们早就承认这点,并反复声明,但一直没人相信我们。"

交 换

生命和真理的交换开始了。

第一批八位数学家沿着长长的坡道向真理祭坛上走去。这时,沙漠上没有一丝风,仿佛大自然屏住了呼吸,寂静笼罩着一切,刚刚升起的太阳把他们的影子长长地投在沙漠上,那几条长影是这个凝固的世界中唯一能动的东西。

数学家们的身影消失在真理祭坛上,下面的人们看不到他们了。所有的人都凝神听着,他们首先听到祭坛上传来的排险者的声音,在死一般的寂静中这声音很清晰:"请提出问题。"

接着是一位数学家的声音:"我们想看到费尔玛和哥德巴赫两个猜想的最后证明。"

"好的,但证明很长,时间只够你们看关键的部分,其余用文字说明。"

排险者是如何向科学家们传授知识的,对人类一直是个谜。在远处的监视飞机上拍下的图像中,科学家们都在仰起头看着天空,而他们看的方向上空无一物。一个普遍被接受的说法是:外星人用某种思维波把信息直接输入到他们的大脑中。但实际情况比那要简单得多:排险者把信息投射在天空上,在真理祭坛上的人看来,整个地球的天空变成了一个显示屏,而在祭坛之外,什么角度都看不到。

一个小时过去了,真理祭坛上有个声音打破了寂静,有人说:"我们看完了。"

接着是排险者平静的回答:"你们还有十分钟的时间。"

真理祭坛上隐隐传来了多个人的交谈声,只能听清只言片语,但能清楚地感受到那些人的兴奋和喜悦,像是一群在黑暗的隧道中跋涉了一年的人突然看到了洞口的光亮。

"……这完全是全新的……""……怎么可能……""……我以前在直觉上……""……天哪,真是……"

当十分钟就要结束时,真理祭坛上响起了一个清晰的声音:"请接受我们八个人真诚的谢意。"

真理祭坛上闪起一片强光,强光消失后,下面的人们看到八个等离子体火球从祭坛上升起,轻盈地向高处飘升。它们的光度渐渐减弱,由明亮的黄色变成柔和的橘红色,最后一个接一个地消失在蓝色的天空中,整个过程悄无声息。从监视飞机上看,真理祭坛上只剩下排险者站在圆心。

"下一批!"他高声说。在上万人的凝视下,又有十一个人走上了真理祭坛。

"请提出问题。"

"我们是古生物学家,想知道地球上恐龙灭绝的真正原因。"

古生物学家们开始仰望长空,但所用的时间比刚才数学家们短得多,很快有人对排险者说:"我们知道了,谢谢!"

"你们还有十分钟。"

"……好了,七巧板对上了……""……做梦也不会想到那方面去……""……难道还有比这更……"

然后强光出现又消失,十一个火球从真理祭坛上飘起,很快消失在沙漠上空。

……

一批又一批的科学家走上真理祭坛,完成了生命和真理的交换,在强光中化为美丽的火球飘逝而去。

一切都在庄严与宁静中进行,真理祭坛下面,预料中生离死别的景象并没有出现,全世界的人们静静地看着这壮丽的景象,心灵被深深地震撼了。人类在经历着一场有史以来最大的灵魂洗礼。

一个白天的时间不知不觉过去了,太阳已在西方地平线处落下了一半,夕阳给真理祭坛洒上了一层金辉。物理学家们开始走向祭坛,他们是人数最多的一批,有八十六人。就在这一群人刚刚走上坡道时,从日出时一直持续到现在的寂静被一个童声打破了。

"爸爸!"文文哭喊着从草坪上的人群中冲出来,一直跑到坡道前,冲进那群物理学家中,抱住了丁仪的腿,"爸爸,我不让你变成火球飞走!"

丁仪轻轻抱起了女儿,问她:"文文,告诉爸爸,你能记起来的最让自己难受的事是什么?"

文文抽泣着想了几秒钟,说:"我一直在沙漠里长大,最……最想去动物园。上次爸爸去南方开会,带我去了那边的一个大大的动物园,可刚进去,你的电话就响了,说工作上有急事。那是个天然动物园,小孩儿一定要大人带着才能进去,我也只好跟你回去了,后来你再也没时间带我去。爸爸,这是最让我难受的事儿,在回来的飞机上我一直哭。"

丁仪说:"但是,好孩子,那个动物园你以后肯定有机会去,妈妈以后会带文文去的。爸爸现在也在一个大动物园的门口,那里面也有爸爸做梦都想看到的神奇的东西,而爸爸如果这次不去，以后真的再也没机会了。"

文文用泪汪汪的大眼睛呆呆地看了爸爸一会儿，点点头说："那……那爸爸就去吧。"

方琳走过来，从丁仪怀中抱走了女儿，眼睛看着前面矗立的真理祭坛说："文文，你爸爸是世界上最坏的爸爸，但他真的很想去那个动物园。"

丁仪两眼看着地面，用近乎祈求的声调说："是的，文文，爸爸真的很想去。"

方琳用冷冷的目光看着丁仪说："冷血的基本粒子，去完成你最后的碰撞吧。记住，我绝不会让你女儿成为物理学家的！"

这群人正要转身走去，另一个女性的声音使他们又停了下来。

"松田君，你要再向上走，我就死在你面前！"

说话的是一位娇小美丽的日本姑娘，她此时站在坡道起点的草地上，将一把银色的小手枪顶在自己的太阳穴上。

松田诚一从那群物理学家中走了出来，走到姑娘的面前，直视着她的双眼说："泉子，还记得北海道那个寒冷的早晨吗？你说要出道题考验我是否真的爱你，你问我，如果你的脸在火灾中被烧得不成样子，我该怎么办。我说我将忠贞不渝地陪伴你一生。你听到这回答后很失望，说我并不是真的爱你，如果我真的爱你，就会弄瞎自己的双眼，让一个美丽的泉子永远留在心中。"

泉子拿枪的手没有动,但美丽的双眼盈满了泪水。

松田诚一接着说:"所以,亲爱的,你深知美对一个人生命的重要。现在,宇宙终极之美就在我面前,我能不看它一眼吗?"

"你再向上走一步我就开枪!"

松田诚一对她微笑了一下,轻声说:"泉子,天上见。"然后转身和其他物理学家一起沿坡道走向真理祭坛。身后脆弱的枪声和柔软的躯体倒地的声音,都没使他们回头。

物理学家们走上了真理祭坛那圆形的顶面,在圆心,排险者微笑着向他们致意。突然间,映着晚霞的天空消失了,地平线处的夕阳消失了,沙漠和草地都消失了,真理祭坛悬浮于无际的黑色太空中,这是创世前的黑夜,没有一颗星星。排险者挥手指向一个方向,物理学家们看到在遥远的黑色深渊中有一颗金色的星星,它开始小得难以看清,后来由一个亮点渐渐增大,开始具有面积和形状,他们看出那是一个向这里飘来的旋涡星系。星系很快增大,显出它磅礴的气势。距离更近一些后,他们发现星系中的恒星都是数字和符号,它们组成的方程式构成了这金色星海中的一排排波浪。

宇宙大统一模型缓慢而庄严地从物理学家们的上空移过。

……

当八十六个火球从真理祭坛上升起时,方琳眼前一黑,倒在草地上,她隐约听到文文的声音:"妈妈,那些哪个是爸爸?"

最后一个上真理祭坛的人是史蒂芬·霍金,他的电动椅沿着长长的坡道慢慢向上移动,像一只在树枝上爬行的昆虫。他那仿佛已抽去骨骼的绵软的身躯瘫陷在轮椅中,像一支在高温中变软且即将熔化的蜡烛。

轮椅终于驶上了祭坛,在空旷的圆面上驶到了排险者面前。这时,太阳已落下了一段时间,暗蓝色的天空中有零星的星星出现,祭坛周围的沙漠和草地模糊了。

"博士,您的问题?"排险者问,对霍金,他似乎并没有表示出比对其他人更多的尊重,他面带着毫无特点的微笑,听着博士轮椅上的扩音器发出的呆板的电子声音:"宇宙的目的是什么?"

天空中没有答案出现,排险者脸上的微笑消失了,他的双眼中掠过了一丝不易觉察的恐慌。

"先生?"霍金问。

仍是沉默,天空仍是一片空旷,在地球的几缕薄云后面,宇宙的群星正在涌现。

"先生?"霍金又问。

"博士,出口在您后面。"排险者说。

"这是答案吗?"

排险者摇摇头:"我是说您可以回去了。"

"你不知道?"

排险者点点头说:"我不知道。"这时,他的面容第一次不仅是一个人类符号。一阵悲哀的黑云涌上这张脸,这悲哀表现得那样生动和富有个性,这时谁也不怀疑他是一个人,而且是一个最平常因而最不平常的普通人。

"我怎么知道?"排险者喃喃地说。

尾　声

十五年之后的一个夜晚,在已被变成草原的昔日的塔克拉玛干沙漠上,有一对母女正在交谈。母亲四十多岁,但白发已过早出现在她的双鬓,从那饱经风霜的双眼中透出的,除了忧伤就是疲倦。女儿是一位苗条的姑娘,大而清澈的双眸中映着晶莹的星光。

母亲在柔软的草地上坐下来,两眼失神地看着模糊的地平线说:"文文,你当初报考你爸爸母校的物理系,现在又要攻读量子引力专业的博士学位,妈都没拦你。你可以成为一名理论物理学家,甚至可以把这门学科当作自己唯一的精神寄托,但,文文,妈求你了,千万不要越过那条线啊!"

文文仰望着灿烂的银河,说:"妈妈,你能想象,这一切都来自两百亿年前一个没有大小的奇点吗?宇宙早就越过那条线了。"

方琳站起来,抓着女儿的肩膀说:"孩子,求你别这样!"

文文的双眼仍凝视着星空,一动不动。

"文文,你在听妈妈说话吗?你怎么了?!"方琳摇晃着女儿。

文文的目光仍被星海吸引,收不回来,她盯着群星问:"妈妈,宇宙的目的是什么?"

"啊……不——"方琳彻底崩溃了,又跌坐在草地上,双手捂着脸抽泣着,"孩子,别,别这样!"

文文终于收回了目光,蹲下来扶着妈妈的双肩,轻声问道:"那么,妈妈,人生的目的是什么?"

这个问题像一块冰,使方琳灼烧的心立刻冷了下来,她扭头看了女儿一眼,然后看着远方深思。十五年前,就在她看着的那个方向,曾矗立过真理祭坛,再远些,爱因斯坦赤道曾穿过沙漠。

微风吹来,草海上涌起道道波纹,仿佛是星空下无际的骚动的人海,向整个宇宙无声地歌唱着。

"不知道,我怎么知道呢?"方琳喃喃地说。

附录
FULU

作家相册
ZUOJIA XIANGCE

2006年，在洋山深水港

2007年，在娘子关抗日遗址

2012年，在大英博物馆

2016年，在中央电视台

2015年，在爱琴海边

2017年，在酒泉卫星发射中心

2019年，在长江三峡

2020年，在南极洲

圆圆的肥皂泡 | 刘慈欣

作家手迹
ZUOJIA SHOUJI

很多人生来就会莫名其妙地迷上一样东西，仿佛他（她）刚出生就是要和这东西约会似的。正是这样，圆圆迷上了肥皂泡。

圆圆出生后一直是一付无精打采的样子，连哭啼都像是在应付差事，显然这世界让她很失望。

直到她第一次看到肥皂泡。

圆圆第一次看到肥皂泡时才五个月大，立刻在妈妈的怀中手舞足蹈起来，小眼睛中爆发出足以使太阳黯然失色的光芒，仿佛这才是第一次真正看到这个世界。

圆圆的肥皂泡
——刘慈欣中短篇科幻小说精选

刘慈欣 著

图书在版编目(CIP)数据

圆圆的肥皂泡:刘慈欣中短篇科幻小说精选/刘慈欣著.—武汉:长江少年儿童出版社,2021.6
(百年百部中国儿童文学经典书系)
ISBN 978-7-5721-1814-2

Ⅰ.①圆… Ⅱ.①刘… Ⅲ.①幻想小说—中篇小说—小说集—中国—当代 ②幻想小说—短篇小说—小说集—中国—当代 Ⅳ.①I247.7

中国版本图书馆 CIP 数据核字(2021)第 097241 号

出版发行：长江出版传媒 长江少年儿童出版社

出 品 人：何 龙　　责任编辑：吴炫凝 黄如洁

社　　址：武汉市雄楚大街268号出版文化城爱立方大楼	邮政编码：430070
业务电话：(027)87679174　(027)87679786	电子邮箱：cjcpg_cp@163.com
网　　址：http://www.cjcpg.com	

承印厂：湖北画中画印刷有限公司　　经销：新华书店湖北发行所

规格：880毫米×1230毫米　　开本：32开
字数：167千字　　印张：9
版次：2021年6月第1版，2021年7月第3次印刷　　印数：30 001—45 000

书号：ISBN 978-7-5721-1814-2　　定价：30.00元

本书如有印装质量问题，可向承印厂调换。

《百年百部中国儿童文学经典书系》总书目

以作家出生时间先后为序

序号	作家	作品	体裁	适读年龄
1	叶圣陶	《稻草人》	短篇童话集	8~10 岁
2	丰子恺	《少年音乐和美术故事》	散文集	10~12 岁
3	冰心	《寄小读者》	散文集	10~12 岁
4	高士其	《我们的土壤妈妈》	童话、诗歌集	10~12 岁
5	陈伯吹	《一只想飞的猫》	中短篇童话集	8~10 岁
6	张天翼	《宝葫芦的秘密》	长篇童话	8~10 岁
7	颜一烟	《盐丁儿》	长篇小说	12~14 岁
8	袁静	《小黑马的故事》	长篇小说	10~12 岁
9	叶君健	《真假皇帝》	短篇童话集	8~10 岁
10	贺宜	《小公鸡历险记》	中短篇童话集	6~8 岁
11	严文井	《"下次开船"港》	中短篇童话集	8~10 岁
12	金近	《狐狸打猎人的故事》	短篇童话集	6~8 岁
13	林海音	《城南旧事》	长篇小说	10~12 岁
14	胡奇	《五彩路》	长篇小说	10~12 岁
15	包蕾	《猪八戒新传》	中短篇童话集	8~10 岁
16	郭风	《孙悟空在我们村里》	散文集	8~10 岁
17	嵇鸿	《雪孩子》	短篇童话集	8~10 岁
18	黄庆云	《奇异的红星》	短篇童话集	8~10 岁
19	呆向真	《小胖和小松》	短篇小说集	8~10 岁
20	吴梦起	《老鼠看下棋》	短篇童话集	6~8 岁
21	管桦	《小英雄雨来》	中短篇小说集	10~12 岁
22	圣野	《欢迎小雨点》	诗歌集	8~10 岁
23	金江	《乌鸦兄弟》	寓言集	8~10 岁
24	任溶溶	《给巨人的书》	诗歌集	8~10 岁
25	鲁兵	《下巴上的洞洞》	童话、诗歌集	6~8 岁
26	袁鹰	《时光老人的礼物》	诗歌集	8~10 岁
27	徐光耀	《小兵张嘎》	长篇小说	10~12 岁
28	任大星	《三个铜板豆腐》	中短篇小说集	10~12 岁
29	萧平	《三月雪》	中短篇小说集	10~12 岁
30	田地	《我爱我的祖国》	诗歌集	8~10 岁
31	于之	《海边的孩子》	诗歌集	8~10 岁
32	李心田	《闪闪的红星》	长篇小说	10~12 岁
33	赵燕翼	《小燕子和它的三邻居》	短篇童话集	6~8 岁
34	洪汛涛	《神笔马良》	长篇童话	8~10 岁
35	宗璞	《宗璞童话》	中短篇童话集	8~10 岁
36	郑文光	《飞向人马座》	长篇小说	10~12 岁
37	柯岩	《帽子的秘密》	诗歌集	8~10 岁

序号	作家	作品	体裁	适读年龄
38	任大霖	《蟋蟀》	短篇小说集	10~12 岁
39	葛翠琳	《野葡萄》	中短篇童话集	8~10 岁
40	刘兴诗	《美洲来的哥伦布》	中短篇小说集	10~12 岁
41	束沛德	《在人生列车上》	散文集	10~12 岁
42	黄瑞云	《陶罐和铁罐——黄瑞云寓言选》	寓言集	8~10 岁
43	邱勋	《微山湖上》	中短篇小说集	8~10 岁
44	刘厚明	《黑箭》	中短篇小说集	10~12 岁
45	孙幼军	《小布头奇遇记》	长篇童话	6~8 岁
46	沈虎根	《小师弟》	短篇小说集	10~12 岁
47	金波	《推开窗子看见你》	诗歌集	8~10 岁
48	童恩正	《珊瑚岛上的死光》	中短篇小说集	10~12 岁
49	鹿子	《遥遥黄河源》	长篇小说	10~12 岁
50	杨啸	《小山子的故事》	中短篇小说集	8~10 岁
51	韩辉光	《校园喜剧》	短篇小说集	10~12 岁
52	樊发稼	《春雨的悄悄话》	诗歌集	8~10 岁
53	谷应	《从滇池飞出的旋律》	长篇小说	10~12 岁
54	蒲华清	《生活中有一颗糖》	诗歌集	8~10 岁
55	苏叔阳	《我们的母亲叫中国》	散文集	10~12 岁
56	刘先平	《大熊猫传奇》	长篇小说	10~12 岁
57	夏有志	《普来维梯彻公司》	中短篇小说集	10~12 岁
58	张秋生	《小巴掌童话》	短篇童话集	6~8 岁
59	林焕彰	《妹妹的红雨鞋》	诗歌集	6~8 岁
60	李少白	《蒲公英嫁女儿》	童话、童谣、诗歌集	6~8 岁
61	叶永烈	《小灵通漫游未来》	长篇小说	8~10 岁
62	李建树	《蓝军越过防线》	中短篇小说集	10~12 岁
63	李凤杰	《针眼里逃出的生命》	长篇小说	10~12 岁
64	诸志祥	《黑猫警长》	长篇童话	6~8 岁
65	北董	《青蛙爬进了教室》	短篇小说集	8~10 岁
66	罗辰生	《"大将"和美妞》	中短篇小说集	10~12 岁
67	葛冰	《大脸猫·小糊涂神》	中短篇童话集	6~8 岁
68	刘保法	《中学生圆舞曲》	报告文学集	12~14 岁
69	张之路	《第三军团》	长篇小说	12~14 岁
70	吴然	《天使的花房》	散文集	8~10 岁
71	王宜振	《少年抒情诗》	诗歌集	10~12 岁
72	金曾豪	《苍狼》	长篇小说	8~10 岁
73	肖复兴	《青春奏鸣曲》	长篇小说	12~14 岁
74	凡夫	《狮子和兔子——凡夫寓言选》	寓言集	8~10 岁
75	郑允钦	《吃耳朵的妖精》	中短篇童话集	6~8 岁
76	王晋康	《生命之歌》	长篇小说	10~12 岁

序号	作家	作品	体裁	适读年龄
77	竹林	《竹林村的孩子们》	长篇小说	10~12岁
78	梅子涵	《女儿的故事》	长篇小说	10~12岁
79	桂文亚	《班长下台》	散文集	10~12岁
80	董宏猷	《一百个中国孩子的梦》	长篇小说	10~12岁
81	谢武彰	《赤脚走过田野》	散文集	10~12岁
82	班马	《巫师的沉船》	中短篇小说集	10~12岁
83	牧铃	《影子行动》	长篇小说	10~12岁
84	高洪波	《我喜欢你，狐狸》	诗歌集	8~10岁
85	刘丙钧	《寓言王国的新鲜事儿》	童话、诗歌集	8~10岁
86	赵丽宏	《童年河》	长篇小说	10~12岁
87	沈石溪	《狼王梦》	长篇小说	10~12岁
88	周锐	《拿苍蝇拍的红桃王子》	短篇童话集	6~8岁
89	刘健屏	《今年你七岁》	中短篇小说集	6~8岁
90	曹文轩	《草房子》	长篇小说	10~12岁
91	刘海栖	《无尾小鼠历险记》	长篇童话	6~8岁
92	孟宪明	《花儿与歌声》	长篇小说	10~12岁
93	孙云晓	《16岁的思索》	报告文学集	12~14岁
94	黄蓓佳	《我要做好孩子》	长篇小说	10~12岁
95	胡冬林	《巨虫公园》	长篇小说	10~12岁
96	张炜	《下雨下雪》	中短篇小说集	10~12岁
97	方素珍	《我有友情要出租》	童话、童谣、诗歌集	6~8岁
98	左泓	《最后的狼群》	长篇小说	10~12岁
99	张品成	《赤色小子》	中短篇小说集	10~12岁
100	冰波	《窗下的树皮小屋》	短篇童话集	6~8岁
101	铁凝	《红屋顶》	中短篇小说集	10~12岁
102	常新港	《独船》	短篇小说集	10~12岁
103	彭懿	《我捡到一条喷火龙》	长篇小说	8~10岁
104	郑春华	《大头儿子和小头爸爸》	长篇童话	6~8岁
105	常星儿	《回望沙原》	中短篇小说集	10~12岁
106	薛卫民	《太阳是大家的》	童谣、诗歌集	6~8岁
107	王巨成	《我们的小时候》	长篇小说	10~12岁
108	保冬妮	《屎壳郎先生波比拉》	中短篇童话集	6~8岁
109	杨红樱	《寻找快活林》	短篇童话集	8~10岁
110	祁智	《芝麻开门》	长篇小说	8~10岁
111	徐鲁	《我们这个年纪的梦》	诗歌集	10~12岁
112	彭学军	《你是我的妹》	中短篇小说集	12~14岁
113	刘慈欣	《圆圆的肥皂泡——刘慈欣中篇科幻小说精选》	中短篇小说集	10~12岁
114	邓湘子	《像风一样奔跑》	长篇小说	10~12岁
115	汤素兰	《阁楼精灵》	长篇童话	8~10岁

序号	作家	作品	体裁	适读年龄
116	王立春	《狗尾草出嫁》	诗歌集	8~10岁
117	张玉清	《小百合》	短篇小说集	10~12岁
118	翌平	《飞过城市的野天鹅》	中短篇小说集	10~12岁
119	安武林	《老蜘蛛的一百张床》	中短篇童话集	6~8岁
120	伍美珍	《拥抱幸福的小熊》	长篇小说	10~12岁
121	谢倩霓	《喜欢不是罪》	长篇小说	12~14岁
122	萧萍	《沐阳上学记》	短篇小说集	8~10岁
123	萧袤	《先生小姐城》	中短篇童话集	8~10岁
124	李学斌	《蔚蓝色的夏天》	长篇小说	10~12岁
125	张洁	《敲门的女孩子》	长篇小说	10~12岁
126	皮朝晖	《面包狼上学》	中短篇童话集	8~10岁
127	黄春华	《杨梅》	长篇小说	10~12岁
128	王一梅	《鼹鼠的月亮河》	长篇童话	6~8岁
129	薛涛	《随蒲公英一起飞的女孩》	中短篇小说集	10~12岁
130	三三	《舞蹈课》	长篇小说	10~12岁
131	殷健灵	《纸人》	长篇小说	12~14岁
132	李东华	《少年的荣耀》	长篇小说	10~12岁
133	杨鹏	《装在口袋里的爸爸》	中短篇童话集	10~12岁
134	韩青辰	《我们之间》	中短篇小说集	10~12岁
135	张国龙	《红丘陵上的李花》	长篇小说	10~12岁
136	汪玥含	《乍放的玫瑰》	长篇小说	10~12岁
137	林彦	《点点的一棵树》	短篇小说集	10~12岁
138	李秋沅	《茗香》	短篇小说集	10~12岁
139	格日勒其木格·黑鹤	《风之子》	中短篇小说集	8~10岁
140	孙卫卫	《小小孩的春天》	散文集	10~12岁
141	赵华	《大漠寻星人》	中短篇小说集	10~12岁
142	舒辉波	《飞越天使街》	长篇小说	10~12岁
143	汤汤	《到你心里躲一躲》	短篇童话集	6~8岁
144	葛竞	《魔法学校》	长篇小说	8~10岁
145	王勇英	《大脚板老师有办法》	短篇小说集	10~12岁
146	陈诗哥	《几乎什么都有国王》	短篇童话集	8~10岁
147	左昡	《纸飞机》	长篇小说	10~12岁
148	鲁迅等	《从百草园到三味书屋——现代儿童文学选（1902—1949）》	作品合集	10~12岁
149	阮章竞等	《金色的海螺——当代儿童文学选（1949—1965）》	作品合集	10~12岁
150	庄之明等	《新星女队一号——当代儿童文学选（1978— ）》	作品合集	10~12岁